樹海警察2

大倉崇裕

ハルキ文庫

JN118416

角川春樹事務所

目次

樹海警察2

第一話　柿崎努の冒険

一

「富士山の麓《ふもと》には、広大な森が広がっていますが、その北西部に広がる約三十平方キロを青木ヶ原《あおきがはら》樹海と呼びます」

児玉充茂《こだまみちしげ》がそう言うと、彼の後に従う男女から、「へぇ」という声が上がった。

児玉を含めた五人が進む細い道は落ち葉で埋め尽くされており、皆が歩を進めるたびカサカサと音をたてる。

「こんな所にも紅葉があるんだねぇ」

そんな声も聞こえる。

「樹海には様々な種類の針葉樹、広葉樹があります。いま、黄色く色づいているのは、カラマツやミズナラですね」

「あ、マツボックリ！」

中年の男性が拾い上げる。

「カラマツのほかにアカマツも生えていますから、ドングリもたくさん落ちています。それらはリスや野ネズミ、野鳥の貴重な食料になるんですよ」

「樹海に生き物がいるんですか？」

「もちろん。ヒメネズミ、アカネズミ、ヤマネ……」

時刻は午後一時を回ったところで、十月にしては冷えこみがきつい。児玉はそれを見越して厚手のジャンパーを羽織ってきたが、残る四人は軽装で、皆、寒そうに身を縮めている。

雲一つない秋晴れにもかかわらず、道の両側には木々が生い茂り、日の光はほとんど届かない。木々の幹は細いものばかりだが、それぞれの距離が近く、互いの枝と枝がせめぎ合い、昼なお暗い森を作りだしていた。

日光の届かない地面にはうねうねと木々の根が這《は》い回り、所々には倒木が朽ち果てていて、その表面を鮮やかな緑色をしたコケが覆っていた。

道はなだらかで目立った起伏もなく、歩けども歩けども、左右の景色は大して変わらない。似たような森がどこまでも深く、続いている。

一度迷いこんだら、二度と出ることができない。青木ヶ原樹海がそう言われ続ける所以《ゆえん》でもあった。

児玉はそんな樹海の案内ガイドを、かれこれ二十年近く務めていた。富士五湖の一つ西《さい》湖《こ》の側《そば》で土産物《みやげもの》店を営む家に生まれ、一時は静岡で会社員をしていたものの、その後、Uターンして家業を継いだ。二人の息子の独立を機に店をたたみ、いまは年金暮らし。樹海の案内人はボランティアである。

今日案内しているのは、東京から来た中年の四人組だ。趣味の絵画サークルの仲間らしい。児玉の話を興味深くきき、歩いている間は色づき始めた木々を見ては、歓声を上げていた。お客としては、大変にやりやすい部類と言える。

十五分ほど歩いた後、いよいよ、今日の目的地へ到着した。

「うわっ」

四人が思わず声を上げたのも無理はない。道の先が直径数メートルに亘《わた》ってえぐれていたからだ。窪《くぼ》みの周囲は黒い岩が露出し、ところどころ、緑のコケに覆われている。岩の表面は湿り気を帯びて黒く、窪みの周囲は木々に覆われているため、底の方にはわずかな日の光しか届かない。

そんな円形の窪みの北側壁面に、巨大な口がぽっかりとあいていた。洞窟《どうくつ》である。

自然の作りだした驚異の光景だ。それらをじっくり四人に堪能させた後、児玉は口を開いた。

「あそこに見える穴が、富士風穴《ふうけつ》です。一般の方だけでの立ち入りは禁じられています。では、これから窪みの底まで下ります」

「私、大丈夫かしら」

女性の一人が心細げに言った。

児玉は笑って答える。

「多少滑りやすくなっていますが、大丈夫です。私の後についてきてください」

自然のままの姿に見える窪地だが、よく見れば、底に下りるためのスロープがきってある。とはいえ、濡《ぬ》れた岩の表面は滑りやすく、スニーカーなどでは危険だ。そのこともあって、今回の樹海歩きには、ハイキングシューズが必須《ひっす》だと前もって言ってあった。

女性は新品の軽登山靴を履いていた。今日のために新調したのだろう。腰を引かず、いつも通りの歩き方で下りれば、滅多なことで滑ることはない。ただ、恐怖心が先にたち、どうしても腰が引けてくる。

「あっ」

女性がバランスを崩した。

「おっと」

後ろを歩く男性が素早く肩を摑《つか》み、支えた。

ヒヤリとした児玉だが、大事には至らず、ホッと胸をなでおろす。スロープに点々とつく赤黒い染みに気づいたのは、ちょうどそのときだった。ポツリ、ポツリと深く赤い滴《しずく》が垂れていた。鮮やかな赤ではないが、薄暗い灰色の窪地の中では、微《かす》かな色彩でも日立つ。まして、児玉はここを何十回と訪れている。わずかな違いにも敏感に反応してしまうのだ。

あらためて見てみると、そこここに違和感があった。道ばたに自生している草花が倒れている。小石が道の真ん中に転がっている。

誰《だれ》かが入りこんだのか。

洞窟の入り口に目を向けるが、その周辺にはこれといって変わったところもない。

ツアーの中止も頭を過《よぎ》ったが、そこまでする必要はないだろう。せっかくここまで来た客人たちが、それではあまりにかわいそうだ。

ゆっくりとではあるが、無事下りきった四人に児玉は笑顔で向き合った。

「では、装備の確認をします。ライトはお持ちいただいていますね」

靴同様、これも前もって言っておいたことだった。登山などで使う携帯ライト。バンドで頭につけるヘッドランプが一番のお勧めと伝えてもいた。

四人は全員、同じメーカーの黄色いヘッドランプを持参していた。それぞれ頭につけ、スイッチを押す。白く強い光が黒い岩壁に丸い輪を描いた。

児玉は続ける。

「中は相当に寒いです。防寒着を一枚、着た方がいいと思います。中には私が先頭で入ります。入る順番を決め、隊列を崩さないように。危険ですから」

暗い窪地の真ん中で、四人は気圧《けお》されたように黙りこんでいた。若くはない四人であるから、万一のことがあってはと少々心配していたが、杞憂《きゆう》であった。

児玉は自分のヘッドランプを装着すると、洞窟の入り口に立った。

幅は五メートルほどあるが、高さは二メートルほどしかない。

「頭上注意です。天井から岩が突きだしているところもありますからね」

男性二人が先頭と最後尾、女性二人は中という隊列で、四人はおそるおそるといった体で暗闇《くらやみ》の中に足を踏み入れた。

「へぇ」

感嘆のため息が、口々に出る。外の気温は十二、三度だろう。一方、洞窟内は五度。東京であれば、真冬の気温だ。

足下はゴツゴツとした岩で覆われており、注意していないと足を取られる。天井は細かな岩の突起が襞《ひだ》のように続いている。

児玉にとってはもはや庭のような場所だが、いつ来ても自然の驚異に胸を打たれる。

「青木ヶ原樹海が溶岩大地であることは、お話ししましたよね」

「ええ。土ではなく溶岩だから、木々の根が潜らず地表に出たままになる。だから、樹海独特の景観が作られたのでしょう?」

答えたのは、グループのリーダー格と思われる先頭の男性だった。

「その通りです。富士山の大噴火によって流れ出た溶岩がこのあたりを覆い、そこにいま、新たな森が作られようとしているわけです。噴火が起きたのは約一二〇〇年前と言われていますから、樹海はまだまだ若い森なんですよ。それはそれとして、この洞窟です」

歩きにくいため、なかなか先には進めない。まだ二十メートルほど先に、入り口の光が見える。

児玉はいつもやるように、解説を続けた。

「流れ出た溶岩は表面から固まっていきます。表面が固まると、流れ出た溶岩はその下を通ります。やがて、噴火がおさまり、地下を通っていた溶岩がなくなってしまうと……」

先頭の男性が答えた。

「なるほど、トンネルができるわけですな」

「その通りです。そうしてできたのが、洞窟です。樹海にはここを含め、大小合わせて八十個近い洞窟があると言われているんです……」

児玉は言葉を切った。

ヘッドランプが照らしだす白い光の輪の中に、鮮やかな青色が飛びこんできたからだ。漆黒の洞窟内では、やはり目にすることがない色だ。

児玉が急に足を止めたので、後続の男性が背中にぶつかった。

「うわっ」

後ろにのけぞった男性が、仰向《あおむ》けに倒れそうになる。

「危ない！」

女性二人が慌てて男性を支えているようだ。

「ちょっと、どうしたんです？　急に止まったりして」

女性の一人が険しい声を上げた。

それでも児玉は、後ろを振り向くことさえできなかった。腰にさした予備の懐中電灯をつけ、五メートルほど先の地面を照らしだす。

そこに浮かび上がったのは、うつぶせに倒れた、男の死体だった。目立った傷は見当たらないが、死んでいることは一目で判《わか》った。洞窟内の冷気のためか、ジャンパーからのぞく首筋は蠟《ろう》のように白く、前方に伸ばした両手も、同じように青白く固まっていた。

児玉はゆっくりと振り返り、四人を見た。彼らは一様に目を見開き、横たわる死体を見下ろしている。突然のことに思考が麻痺《まひ》しているようだ。

児玉にとっては好都合だった。

「いったん外に戻りましょう。私が先頭に立ちますから、その場を動かないで」

児玉は四人をなるべく刺激しないよう、ゆっくりと移動を始める。

キキキキ。

甲高い声を上げながら、洞窟の天井から黒く小さなものが降ってきた。

まずい――。

そう思ったときには遅かった。

「きゃぁぁぁ」

女性二人が同時に悲鳴を上げ、駆けだした。男二人は突き飛ばされ、その場にひっくり返る。女性二人もすぐ氷に足を取られ、倒れこんだ。

四人の叫び声が洞窟内に反響し、児玉は思わず耳を塞《ふさ》いだ。

そんな中を、二羽のキクガシラコウモリが、小さな羽を忙しく動かしながら、くるりと優雅に旋回する。

二

鍵《かぎ》をさしこもうとしたが、うまく入らない。何度か試すうち、すっと入る。このコツだけはいまだに飲みこめない。

ようやく鍵を開け、中に入る。プレハブの中はいつもほこりっぽい。窓は汚れ、床は歩くたび派手に軋《きし》む。

柿崎努《かきざきつとむ》は、一番奥にあるデスクに鞄《かばん》を置くと、北側の一角にあるこぢんまりとした給湯室で電気ポットに水を入れた。

時刻は午前七時五十分。一分間ですぐにお湯が沸くという、評判の電気ポットだったが、沸騰するまでいつもきっかり三分かかる。

百円ショップで買った急須《きゅうす》に煎茶《せんちゃ》を入れ、湯を注ぎ、百円ショップで買った湯呑《ゆの》みに濃緑色の濃い茶を注《つ》ぎ、窓際で一口すする。

ふぅと一息ついたところで、耳障りな音をたてて、扉が開いた。

「いやあ、これはまたお早いですなぁ、ボス」

栗柄慶太《くりからけいた》巡査が足音を響かせながら、入ってきた。いつか床板を踏み抜くのではないかと、柿崎はいつもヒヤヒヤしている。

柿崎は言う。

「上司より遅い出勤のくせに、ずいぶんな物言いですね」

そんな嫌みも、この男には通用しない。体重九十五キロの巨体を来客用の古びたソファにめりこませながら、競馬新聞を開いた。

「ボスは言うなれば、ここの社長ですよ。社長が一番に出社する会社ほどよく伸びる。そんなことが、どこかに書いてありました」

「山梨県警上吉田《かみよしだ》警察署地域課特別室、所属三名。警察署に部屋ももらえず、こんなプレハブ小屋に島流し同然の身。いかに優秀な社長であっても、伸ばしようがありません」

「おやおや、愚痴ですか、ボス。愚痴はいけません。人生は常に前向きに、です」

「常に前を向いている君が、うらやましいですよ」

「後ろは怖くて振り返れないものでね」

時計が午前八時をさした。車の駐《と》まる音がして、砂利を踏む足音が近づいてくる。立てつけの悪い扉を音もなく開き、長身の桃園春奈《ももぞのはるな》巡査が入ってくる。

「おはようございます、ボス」

抑揚がなく、低く冷たい声だ。

「おはよう」

「息子がぐずって家を出るのが遅れました。申し訳ありません」

「始業時刻にはまだ間があります。気にすることはありません」

「ありがとうございます」

栗柄が言った。

「ボス、わたくしとは、随分と扱いが違うようでありますが」

「良い扱いをして欲しければ、それに見合った徳を積まねばなりませんよ」

「徳ねぇ……おっ、コウトクチュールって馬がおりますよ。こいつにいっちょ、張りませんか。ボスもどうです？」

「先月そう言われ、大損したことを私は忘れていません。それに、認められているとはいえ、競馬は賭博《とばく》です。そのようなものに警察官がですね……」

桃園が競馬新聞をさっと取り上げた。クシャクシャに丸め、ゴミ箱に放《ほう》る。ゴミと化した新聞紙は、丸いゴミ箱のど真ん中にすっと入った。

「栗柄巡査、午前中に報告書をすべて書き上げないと、樹海に捨てるわよ」

「はい、万事、了解です」

栗柄はさっと立ち上がると、自分のデスクにつきパソコンを立ち上げた。

「それにしても、何ですなあ、明日野《あけびの》さんが退職されてから、事務仕事が山積みでありますなぁ」

一本指でポチポチとキーを打ちながら、栗柄が言った。

自身のパソコンで、本庁などから送られてきた通達に目を通しながら、柿崎は言った。

「あなたがたの事務仕事まで、一手に引き受けてくれていたということです。縁の下の力持ちだったのですね」

「しかしまあ、ボスの計らいで懲戒処分は免れましたし、退職金や年金で何とかやっていけるとか。こちらから見ると、うらやましいですなぁ」

「この間、河口湖《かわぐちこ》駅の近くで会ったわよ」

桃園が目にも止まらぬ早さでキーを叩《たた》きながら言う。

「元気そうだった」

「俺《おれ》もしばらく会ってないなぁ。今夜あたり、行ってみるか、『下《くだ》り坂《ざか》』」

「下り坂」というのは、ここから車で十分ほどのところにある、古びた食堂だ。そこの女将《おかみ》と明日野は夫婦同然の関係であり、警察を退職した明日野はいま、そこに転がりこんで、女将と共に店の切り盛りをしている。

見た目は古いが、立地はそこそこ良いため観光客相手にやっていけるらしい。

桃園がちらりと顔を上げ、言った。

「いいわね。息子連れでよければ、私も」

栗柄がパーンと手を打ち鳴らす。

「決まりだ。ボスももちろん、行きますね」

「いや、私は早めに帰宅して……」

「また昇任試験の勉強とやらですか？　悪いことは言わないから、あきらめなさいって。ここに左遷された時点で、ボスのキャリアは終わってんですから」

「バ、バカなことを言わないで下さい。誰《だれ》が、左遷ですか。私がここにいるのは、一時的な措置であり、すぐに東京　霞《かすみ》ヶ関《せき》に返り咲きですね……」

電話が鳴った。その番号を見て、思わず「うえっ」と声が出てしまった。

その様子を見た栗柄はニヤリと笑う。

「ほほう、その様子だと、かけてきたのは刑事課ですな」

柿崎はうなずく。

先般起きた刑事課を揺るがす大事件以来、もともと冷え切っていた特別室との関係はさらに冷え切り、情報共有はおろか、捜査員同士の会話すら憚《はばか》られる始末だ。

柿崎は深呼吸をすると、受話器を取った。

「はい、地域課特別室、柿崎です」

「土佐《とさ》です」

不機嫌そうな低い声がした。

関係が絶たれてしまった互いの部署において、唯一、この土佐だけが、変わらず交流を続けてくれている。

「甲府《こうふ》市内で起きた殺しの件です」

「二十代の男性、田所孝行《たどころたかゆき》でしたか——が自宅で撲殺《ぼくさつ》された件、新聞で読みました。薬物の売人だったそうですね。犯人と激しく争った末、殴り殺された。私が知っていることはそれだけです。残念ながら、そちらは情報を上げてくれませんので」

「樹海と関連のない情報まで、そちらに上げる義理は、ないかと思いますが」

刑事課内でもっとも特別室に理解ある男ですら、これなのである。互いの亀裂《きれつ》の深さがうかがい知れる。

「にもかかわらず、あなたがこうして電話をかけてきた。事件に進展があり、そこに樹海が絡んできたということですね」

「その通りです。殺しの詳細ははぶきますが、容疑者は浮かんでおります。ただ、現在逃亡中」

「その人物が、樹海付近で目撃された。そうなんですね？」

「ええ。県警とともに、検問などを敷いて捜していますが、いまだ発見には至っておりません」

「容疑者は樹海に入りこんだと？」

「断定はできません。ただ、これだけ捜して見つからないとなれば、やはり、その可能性も考えないわけには……」

「判りました。こちらも独自に動いて、情報を集めてみましょう」

「お願いします」

「我々が動いていることは、刑事課には内緒なのですね」

「今のところは。詳細は警部補のアドレスに送ります」

「何か発見があったら、こちらも直接あなたに知らせるようにします」

「よろしく」

通話は向こうが先に切った。

こちらが上司なのであるから、こちらが切るまで待つのが礼儀だろうに。一言言ってやりたいところだが、土佐は直接の部下ではない。指導は、新任の刑事課長に委《ゆだ》ねるとしよう。

「ボス！」

顔を上げると、栗柄の大きな顔があった。デスクに両手をつき、充血した目をこちらに向けている。

「何か、事件ですか？」

柿崎の携帯にさっそく、土佐からのメールが来る。もっとも、そんなものを見なくても、おおよその事は理解しているつもりだ。近隣で起きた事件については、ほぼ把握している。

「三日前、甲府で起きた殺人事件、知っていますね？」

栗柄は白い歯をむきだして、首を左右に振った。

「いいえ、知りません」

「警察官たるもの、そのくらい把握しておかなくてどうしますか」

「しかし、我々の管轄は樹海ですから」

「そんなことだから、バカにされるのです。新聞くらい読みなさい。競馬新聞ではありませんよ。ちゃんとした新聞です」

「それは聞き捨てなりませんな、ボス。競馬新聞に偏見をお持ちだ。たしかに記事の中心は馬ですが、そこはしっかりと取材をして……」

「そんなことはどうでもよろしい」

「その事案は、もう容疑者がしぼられていたと思いますが」

デスクから桃園が声をかけてきた。

「さすがですね」

「新聞はとっていませんが、ネットでチェックしていますので」

桃園が自分のパソコンで検索をかけ、出てきた新聞記事を栗柄に見せた。

「甲府市内のマンションの一室で、男性の死体……か。室内には争った跡。現場から逃走する犯人らしき男が目撃」

栗柄が顔を顰《しか》める。

「こいつは簡単な事件《ヤマ》ですなぁ。計画性があるとは思えないし、現場から逃げたって男で、ほぼ決まりでしょう」

今度は柿崎が顔を顰める番だった。

「相変わらず、適当ですねぇ」

すかさず、桃園が口を挟む。

「ボス、今度ばかりはそうでもないようですよ。被害者は窃盗《せっとう》で補導歴があり、定職にもつかず、どうも薬の売人をやっていた疑いがあるようです」

「麻薬絡みですか」

「あの辺りは徳間組《とくまぐみ》の仕切りですが、どうもそこに無理矢理、割りこんだみたいですね」

栗柄が気怠《けだる》そうに尋ねる。

「しかし、そんなヤツらに薬を捌《さば》くだけのルートがあったとは思えんぜ？　合法ドラッグやらハーブやら、その辺も徳間が押さえてんだろ？」

「ヤツらが捌いてたのは、笑気ガスよ」

「あぁ、亜酸化窒素」

「ホイップクリームチャージャーを使ってね。アメリカでは若者の間で、また流行《はや》り始めているみたいよ」

「昔はヒッピードラッグって言ったな」

「古いこと、よく知ってるのね」

「それで？」

柿崎は会話に割りこみ、先を促す。

「逃走中の容疑者は被害者の友達で、やはり補導歴あり」

「似たもの同士ということですね」

「事件の少し前、町中で派手な喧嘩《けんか》をしていたようです」

「そこまでいけば、決まりですね」

「応援要請があったのは、この逃走中の容疑者ですね」

「ええ。名前は三叉勇《みつまたいさむ》、二十三歳」

柿崎は携帯の画面を消す。

「名前以外は、いま桃園巡査が見せてくれた情報と似たり寄ったりです。捜査資料などの添付は一切ありません」

栗柄がパソコンを桃園に返し、うつむいたまま舌打ちをする。

「三叉を見つければそれでいいってか。気に入らないな」

さっきのおどけた様子とは打って変わり、何とも不穏な凄《すご》みがある。

「まあまあ、栗柄巡査。刑事課が頼ってきているのです。個人的感情はおいておいて、精一杯のことをしましょう。それが、警察官たるものの務めですよ」

顔を上げた栗柄は、魂が抜けたように呆《ほう》けた表情になっていた。

「ボス……」

「何ですか？」

「あなたのような人の下で働けて、俺は幸せですよ」

「それはうれしい言葉ですね。ありがとう」

「もう怒る気にすらならないってことです。いやあ、すごい。あなたはすごい」

栗柄は壁にかけてある車のキーを取り、桃園に投げた。

素早くキャッチした桃園は、冷たい目を栗柄に向ける。

「私が運転？」

「前の出動では俺が運転した。その前はボス」

桃園は眉《まゆ》を寄せ、不満げな顔をみせつつ、長く細い指をキーリングに差し入れ、クルクルと回し始める。

「それで、どちらまでお送りすればいいのかしら？」

柿崎が答えた。

「目撃されたのは、森《もり》の駅風穴駐車場付近のようです。道沿いを早足で歩き去ったと土産物店『樹海屋《じゅかいや》』の店番が証言しています。ただし、目撃情報が寄せられたのは、一昨日《おととい》です」

キーを回す桃園の手がぴたりと止まる。

「二日前？　それを今頃《いまごろ》になって？」

栗柄は薄手のジャンパーに袖を通しつつ、あきらめ口調で言う。

「自分らの手に負えなくなったんで、仕方なくこっちに連絡してきたのさ。このまま容疑者を逃がしでもしたら、刑事課のメンツ丸つぶれだしな」

「気に入らないわね」

柿崎は言った。

「刑事課は刑事課。我々は我々です。メンツになぞこだわらず、職務を果たしましょう」

桃園がつぶやいた。

「ボス、宗教みたい」

三

富岳《ふがく》風穴バス停前にある土産物屋「樹海屋」の店員は、柿崎たちを見ると、「どうも」とお辞儀をした。柿崎が赴任してまだ半年ほどだが、すっかり顔なじみになってしまった。

樹海で自殺を図ろうとする者は、大抵、公共交通機関を利用する。つまり、土産物店は、バスを降りた自殺志願者が、時々通る場所にあるわけだ。そして、常に道路側を向いて店番をしている店員たちは、いつしかそうした人たちを見つける「目」を身につける。彼らは自殺防止を目的に活動している民間団体などと常に連絡を取りあい、自殺志願者の保護に一役買っているのだ。

一方、残念ながら未然に防げなかった場合は、遺体発見と同時に地域課特別室に連絡が入る。柿崎たちは遺体を検分し、自殺者がどの経路で樹海に入ったのかを調査する。その過程で、毎回のように店員たちと顔を合わせることになる――。

「どうも、ご苦労さまです」

今日の店番は、当麻《とうま》六郎《ろくろう》だった。まだ若いが、この店で働き始めて五年、観察眼があり、頭の回転も速い。

柿崎は規律通りの敬礼をすると、携帯で三叉の画像を見せる。栗柄、桃園は、それぞれ別の土産物店などで、同じ「聞きこみ」を行っている。

当麻は画面をしげしげと見つめた後、しばし、宙に視線をさまよわせる。記憶を辿《たど》るときの当麻の癖だと柿崎はもう知っている。

「その人……見たなぁ。一昨日だったかなぁ。四時のバスだったかな。一人で降りて、すぐに富岳風穴の方へ」

「別に気になる様子はなかったんですね」

「ええ。時間から見て、ちょっと妙な一人旅だなとは思いました。でも、何というか、ピンとくるものは、なかったです」

当麻の「ピンとくるもの」には、特別室全員が信頼を置いている。

「服装はジーンズに薄手のジャンパー、ちょうど、柿崎さんが着ておられるような感じの。靴はスニーカーで、帽子はかぶっていませんでした」

こちらのききたいことを先取りして、的確にまとめてくれる。

「手荷物はどうでしたか？」

「何も持っていなかったと思いますよ」

そこへ、店の奥から主人の田中和夫《たなかかずお》がひょいと顔を見せた。親から継いだ土産物店を守り、今年で六十になるはずだ。頭ははげ上がり、頬《ほお》がこけていることもあり、年齢より上に見える。

「いやいや、荷物あったよ」

柿崎は田中に一礼すると、言った。

「ご主人も目撃されたんですか？」

「まあ、ちらっとだけどね。服装やなんかは、当麻君の見た通りだ。でも、デイパックを一つ持っていたよ」

「了解です。ありがとうございます」

田中は当麻以上のベテランだ。彼の言うことであれば、絶対に間違いがない。

田中と当麻に礼を言い、国道脇《わき》に駐めている車の前で、栗柄たちと合流する。

栗柄、桃園にこれといった収穫はなかったようだ。

栗柄が愛用の手帳をしまいながら言う。

「当麻さん情報なら、間違いありませんな。しかし、自殺の様子は見られず、服装も割合、しっかりとしていた。こいつはよく判らなくなってきましたな」

桃園がタブレット端末で樹海の地図を表示する。

「そのまま樹海に入りこんだとすると、捜すのはちょっと厄介ですね」

柿崎は周囲を見回す。富士の麓であるこの一帯は、秋の訪れも早い。朝晩の冷えこみも厳しくなり、日も短くなってくる。観光客も夏の盛りに比べれば、かなり減っている。駐車場にも空きが目立っていた。

「人混みにまぎれるというわけにもいかないし、樹海に潜んで、検問などをやり過ごそうという腹かな」

栗柄は渋い顔つきのまま、うなずいた。

「飲み物とちょっとした食料なら、デイパック一つに入りますからねぇ。しかし、最後の目撃が二日前。さて、動きを辿れますかねぇ」

栗柄の視線の先には、うっそうと茂る樹海の森がある。

桃園は肩を落とす。

「三人で捜すのは、無理があるわね」

追跡が困難であることは、ある程度、覚悟していた。

柿崎は言う。

「聞きこみ範囲を広げましょうか。樹海は過酷です。警察から逃れるつもりで入ったとしても、耐えきれなくなって出てくる可能性は高いですから」

「そうですなぁ。夜は暗くて冷える」

「死体でも見つけたら、パニック起こして飛びだしてきそうね」

「昼食を済ませたら、もう一度、手分けして聞きこみです」

「了解です、ボス。ところで、せっかくですから、このまま『下り坂』に行きませんか？ちょっと距離はありますが、この調子では、今日何時に家に帰れるか判りませんし」

「そうですね。明日野さんの様子も見たいですから、そうしましょうか」

「さすが、ボス」

チャリンと音がして、車のキーが飛んできた。慌てて両手をだし、受け止める。

桃園が投げてきたものだった。

「ナイスキャッチ、ボス。運転、頼みます」

「私が？」

「順番ですから」

桃園は涼しい顔で、後部座席に乗りこんでいった。

四

「いやあ、皆さん、お変わりなく」

厨房《ちゆうぼう》から出てきた明日野裕一郎《ゆういちろう》は、以前と変わらず明るい笑顔で迎えてくれた。紺色の麻のシャツに、エプロンをつけている。警察官時代は背広姿しか見たことがなかった。

「明日野さん、あなたは、ずいぶんと雰囲気が変わりましたね」

何事も笑い飛ばす明朗さの中に、時おり感じた深い影。その存在を柿崎は何となくだが感じてはいた。明日野を肉体的、精神的に傷つけたあの事件が起きたとき、柿崎は彼につきまとっていた影の正体を知った。明日野のとった行動は警察官としてあるまじき事ではあるが、杓子定規《しやくしじようぎ》に処断することがどうしてもできなかった。結果として、柿崎は明日野をかばい、彼は依願退職という形で警察を去った。

一方、柿崎のとった態度が、上層部の気に召すはずもない。一年足らずで霞ヶ関に復帰するという野望が、潰《つい》えつつあることは判っていた。

にもかかわらず、なぜか苛立《いらだ》ちも焦りもない。明日野に対するわだかまりもまったくわいてはこなかった。

霞ヶ関で出世を追い求め、人の失態を探し求めていた日々が、遥《はる》か遠くに感じられる。いったい自分はどうしてしまったのだろう。このまま自分は、いったいどうなってしまうのだろう。

切り立った崖《がけ》の上に立っているような、足下のおぼつかなさを感じる柿崎であった。

「警部補殿、どうしたんです？　ぼんやりとした顔で」

気がつくと、笑みをたたえた明日野が脇に立ち見下ろしていた。

「い、いいえ、何でもありません。それより、警部補殿という呼び方は止《や》めなさい。もう上司でも部下でも何でもないんですから」

「何をおっしゃいますか。不肖明日野、警部補殿に受けた恩は一生忘れません」

「そんなことより、女将は元気ですか？」

「ええ。店周りの力仕事をすべて私に任せ、いまは買いだしに行っております」

「商売繁盛のようで、けっこうです」

「警察官に比べれば、不安定な仕事ではありますが、おかげさまで、実入りは前よりも増えております」

「それは何より」

「で？　一同揃《そろ》って、こんな時間にいらっしゃったってことは、何か事件で？」

栗柄がコップの水を飲み干し言った。

「重要事件の容疑者がこっちに逃げたってんで、捜索の手伝いさ」

柿崎はすかさず言った。

「栗柄巡査、一般人に捜査情報を漏らしてはいけません」

「一般人って何、他人行儀なこと言ってるんです。明日野さんじゃないですか」

「他人行儀とは何です。ケジメですよ」

二人の間で、明日野は声をだして笑う。

「相変わらずですなぁ、警部補殿。安心しましたですよ。ところで、せっかく来ていただいたのですが、仕込みが遅れておりまして、昼にだせるのは、カレーくらいしか……」

桃園がさっと手を上げた。

「それ、ちょうだい」

「ここのカレーは絶品だ。俺も」

栗柄も手を上げる。

「私も」

柿崎もならった。

「カレー三人前ね」

明日野はそそくさと厨房に消える。その後ろ姿を見守る栗柄と桃園の目には、安堵《あんど》の思いが溢《あふ》れていた。

柿崎より遥かに長く、明日野と一緒にいた二人だ。感慨深いものがあるのだろう。

しかし――。

柿崎はあらためて、二人について考える。もともとは優秀な捜査員であった栗柄と桃園。

二人は自ら願い出て、捜査の一線から外れ、この離れ小島とも言うべき地域課特別室に異動してきたという。

問題はその理由だ。書類上、栗柄は体調不良、桃園は家族の介護となっているが、それはあくまでも表向き。実のところ、彼らにはそれぞれ別の秘めた理由がある——そんな噂《うわさ》がまことしやかに流れている。

栗柄はかつて、証拠不十分で逮捕できなかった容疑者を殺害、その遺体を樹海に捨てた。遺体が見つからぬよう、自ら樹海のエキスパートとなり、監視をしているのだ——。

桃園の夫は彼女と息子を残し、突如、消息を絶った。姿を消す直前、彼の姿は樹海近辺で目撃されている。桃園は夫の遺体を捜し、失踪《しっそう》の理由を見つけるため、樹海に関《かか》わる仕事をしている——。

どちらも具体的な証拠はなく、あくまで噂である。

柿崎は数ヶ月前に、樹海で見た光景を思い起こす。

犯人に樹海深くへと拉致《らち》され置き去りにされた柿崎は、そこで、栗柄が殺したと思《おぼ》しき被害者の遺体、さらに、桃園春奈の夫の遺体を目撃した。彼らは死してなお意識を持ち、柿崎を捜索隊の方向へと導いてくれた——。

無論、疲労と絶望の中で見た幻覚である。救出後に行われた聴取においても、一切、話はしていない。報告書にも書いていない。

それでも、こうして二人と話をしているとき、ふっとあの光景がよみがえってくる。あれは幻覚などではなく、本当にあったことなのではないか。

「ボス、私の顔に何かついていますか？」

我に返ると、桃園がこちらをにらんでいた。

「あ、いや、別に——何でもありません」

栗柄が早速、茶々を入れてきた。

「おやおやボス、部下に色目を使うっていうのは、感心できませんなぁ」

「ば、バカなこと言うんじゃありません」

「ボス、心なしか赤くなっていますな」

「いい加減にしなさい。第一、桃園巡査に失礼だ」

桃園はうなずいた。

「今までの発言で一番失礼だ。やっぱり、樹海に捨ててやる」

柿崎は口を尖《とが》らせる。

「そこまで失礼と言うのは、かえって失礼です」

桃園は涼しげな微笑《ほほえ》みをみせ、言った。

「ボスは見てくれはなかなかだと思います。ただ、職場内はもうこりたので」

栗柄はニヤニヤと笑う。

「案外、脈ありかもしれませんなぁ、ボス。でも、気をつけないと、樹海にポイですよ」

「ポイしたのは、あんたでしょうが」

「してないから。あれは噂」

「どうだか」

楽しげな会話に夢中となり、携帯が鳴っているのに気がつかなかった。

かけてきたのは、土佐だ。慌てて通話ボタンを押す。

土佐の声は電波状態がよくないのか、酷《ひど》く聞き取り辛《づら》い。

「……すぐに樹海に来ていただけますか」

「え？　樹海？　樹海なら、もう来てますが。さっき富岳風穴バス停付近で聞きこみをして……」

「富岳風穴はどうでもいい。富士風穴の方に行ってもらいたいんです。そこで、遺体が見つかりました」

富士風穴は富岳風穴よりも南、青木ヶ原樹海の真ん中を突っ切る形の国道七一号線を進んだ先にある。駐車場があるわけでなく、土産物店があるわけでもない。人里離れた場所にある知る人ぞ知る的な観光スポットであった。

「富士風穴ねぇ」

柿崎の表情を見て、栗柄、桃園も集まってきた。柿崎は通話をスピーカーにする。テーブルにおいた携帯から、土佐の割れた声が響いた。

「大至急、お願いしたい」

栗柄が言った。

「遺体の確認は、我々の領分でしょうが。どうして、刑事課が先着しているんです？」

樹海で遺体が見つかった場合、まずは警察署の地域課に連絡が入る。そこから特別室へと情報が伝わるのが一般的なのだが、今回は途中に刑事課が割りこんだと思われる。

栗柄の声に呼応するように、土佐の声がとげとげしくなった。

「御託並べてないで、早く来い。おまえらの仕事を手早く片付けてやったんだから」

「あん？　どういう意味だ、そりゃ」

「三叉だよ」

「三叉勇か？」

「富士風穴で死んでたのは、その三叉だ」

五

クレーターのように丸くくぼんだ穴の底で、柿崎たちは土佐たちの出迎えを受けた。ふだんは一般人の立ち入りも規制された静かな場所であるが、今は捜査関係者や鑑識が押し寄せ、真っ暗な洞窟の中では、時おり、カメラのフラッシュが瞬いていた。

急な道を下り、柿崎たちは風穴の前に立つ。

さっそく近づいてきたのは、土佐の相棒、六道秋満《ろくどうあきみつ》巡査だった。刑事課の古参であり、前任の刑事課長とは懇意であったと聞く。それだけに特別室を蛇蝎《だかつ》のごとく嫌っており、柿崎らに対する態度にもそれが表れていた。

「随分と歩行が上達したようですな。危なげがない」

小馬鹿にしたように微笑みながら、柿崎に言った。

「それはどうも」

知らせを受けた柿崎たちは、いったん特別室に戻り、樹海用の装備に身を固めていた。カーキグリーンの軍用ベストにパンツ。各ポケットにはGPS装置やホイッスルなど、樹海探索に必要なものがすべて入っている。今回は洞窟に入る必要があるため、いつものキャップではなくヘルメットを持参、腰のホルダーには懐中電灯もささっている。さらに栗柄は、二十メートル分のロープを抱えていた。

柿崎は続ける。

「登山靴のおかげですよ。少々の坂では滑りませんからね」

「大学時代、友達が探検部に入っていましてね、毎週、そんなかっこうして出かけていきましたよ」

柿崎たちの装備を大げさだと腹の中で笑っているのだろう。

かつての柿崎であれば、六道たちの目が気になり、フル装備での臨場を拒んだかもしれない。だが今は、樹海の恐ろしさを十分に知っている。

「遺体は三叉と聞きました。確かですか？」

土佐は鑑識とやり取りをしている。こちらの対応は六道任せということらしい。

「人相は確認しましたし、免許証を所持していました。間違いありませんな」

「しかし、洞窟内に遺体があったとは。私も初めてのケースです。君たちはどうです?」

栗柄と桃園も首を横に振る。六道は洞窟内を指さして言った。

「発見者はツアーガイドです。客を連れて中に入って、見つけたと」

栗柄が六道の足下に丸く束ねたロープを置いた。

「死因はなんなんだ? あんたらの雰囲気を見てると、事件性はなさそうだけどな」

六道は聞こえよがしに舌打ちをして、ロープを足先で蹴《け》る。

「頭に傷がある。転倒によってできたものだろう。おまえの言う通り、事故だよ」

腕組みをした桃園が、周囲を取り囲む黒く湿った岩稜《がんりょう》を見渡しながら、冷たい声で言った。

「でも、被害者はどうしてこんな場所へ? 足場の悪い中、ここまで下りて来て洞窟へ。いったい何をしようとしていたの?」

六道はふんと鼻を鳴らす。判りきったことをわざわざ聞くな、と言いたいのだろう。

「三叉は殺人の容疑者だったんだ。我々警察から隠れるため、樹海に入りこんだ。身を隠す場所として洞窟は最適だろう」

「それはどうかしら。あなたは知らないかもしれないけど、洞窟の中は真っ暗闇よ。それこそ、目の前を歩く人の頭も見えないくらいのね。それに、中は寒い。夜になったら、とてもじっとなんかしていられないはず」

六道は眉を寄せつつ、声のトーンを少し下げた。

「三叉に樹海の知識があったとは思えない。そんなこと、知らなかったんだろう」

「では、彼が洞窟に来たのは、ただの偶然だと？」

「道に沿って歩いていたら、突然、こんな穴が出てきたんだ。これ幸いと中に入ろうとした」

栗柄がニヤニヤ笑いながら言う。

「あんたの言うこともっともだ。洞窟内はまっ暗で地面は凍って滑りやすい。手探りで歩きだしたとたん、つるっと滑って頭を打った」

栗柄はそのまま、洞窟の方へと進んでいく。

「遺体の検分をさせてもらうよ」

六道が慌てて追いかけていった。

「その必要はない。俺たちはもう引き上げるから、遺体の運びだしを頼みたいだけだ」

「そんな便利屋みたいに俺たちを使うなって」

二人のやり取りを眺めながら、桃園は苦笑する。

「つき合いきれない。私はちょっと、上の方見てきます」

柿崎の返事も待たず、さっさと歩きだす。

上司である柿崎はさっきから会話の輪から外されたままだった。しかし、このままここで一人、突っ立っているわけにもいかない。

とりあえず、遺体の検分に立ち会うべきだろう。柿崎はまっすぐ胸を張り、上司の威厳を示しつつ、洞窟内へ向かった。

鑑識作業はまだ続いているようで、持ちこまれた投光器により、思わず目を細めたくなるほどの明るさだ。本来なら闇に沈んでいるはずの濡れた洞窟内部も、いまは白と黒の強烈なコントラストを伴って、立体的に浮きだしてみえる。天井に広がる大小の突起や壁面の凹凸が、光を浴びることで濃い影を作りだし、何とも幻想的な光景を作りだしていた。

洞窟は入り口付近からさらに急勾配《こうばい》となって数メートル下り、そこからなだらかな道がしばらく続く。なだらかといっても、起伏がないだけで、地面は岩の隆起や陥没ででこぼこしており、歩きにくいことこの上ない。道幅は三メートルから五メートルほど。天井は所によっては、身をかがめねばならないほど低くなる。

三叉の遺体は、そんな悪路を進んだ先、道幅が広がり、天井も高くなった一角に、うつ伏せとなって倒れていた。

鑑識作業はほぼ終わりつつあるようで、近づいても文句を言う者はいない。ただ六道だけは、苦虫をかみつぶしたような顔で、無遠慮な栗柄の態度を見つめている。

「ほほう、これはこれは」

両手をしゃかしゃかと擦り合わせ、栗柄は遺体の脇にしゃがみこんだ。

「栗柄巡査、遺体に対して失礼ですよ」

柿崎の小言に、「おっ」と間の抜けた声を発し、今度は両手を合わせ、数秒、目を閉じる。

「さあてと、ではいきますか」

「だから、それが失礼だと言うのです」

「ボス、いちいち目くじら立てられたんじゃ、前に進みません。それより、見てください。被害者の傷は、頭部だけじゃありませんぜ。腕……」

栗柄が指さしたのは、袖がめくれ上がり、むき出しになった右腕の上腕だ。たしかに、打撲と思しきアザがある。

「足……」

栗柄は続いて、左足を示した。ジーンズの膝《ひざ》部分が裂け、そこから血の固まった患部がのぞいている。

「岩の角か何かで切ったんですなぁ。それと、この爪《つめ》の先」

投げだされた右手を取り、わずかに曲がった指を、柿崎に見せた。

「爪の中に白い粉が詰まっている。せめてこいつが何なのかは調べてもらわないと。六道巡査、このホトケさん、解剖するんでしょうな」

「事件性もないし、するわけないだろう。何のために、おまえらを呼んだと思ってる」

「俺たちは、遺体の運び屋ってか」

「秋から冬にかけては、仕事が減って暇だろ？　仕事を作ってやったんだ。感謝しろ」

ずいぶんな物言いではあるが、この季節、仕事が多少減るのは事実だ。観光客が減り、道迷いの通報などが減る。遺体探しと称して樹海にやってくる物好きが減るため、見つかる遺体の数も当然減る。

「いや、これはただの事故じゃないですぜ、ボス」

　栗柄の言葉を聞くまでもなく、柿崎は六道に向かって言った。

「遺体の所持品はどこですか?」

「洞窟周りをざっと見ましたが、ありませんでしたよ。ポケットに免許証入りの財布と携帯。こいつは転んだ拍子に壊れたようです」

「食べ物や飲み物類はいっさいなしですか?　着替えなども?」

「見た通り、ここにあるのがすべてです」

「それは少々、気になりますね。自殺を考えている人でさえ、食料や防寒着を持って樹海に入ります。実際に自殺するまで、何日も樹海内で過ごす人もいるほどです」

　六道はうんざり顔で、柿崎を見返した。

「お言葉を返すようですがね、三叉は自殺志願者ではなく、逃亡者です。我々の目から逃れようとここまでやって来たんです。食料だの、防寒着だの、用意する余裕などなかったでしょう」

　栗柄がぬっと立ち上がる。

「ならそもそも樹海になんか来ないだろうよ。身を隠す場所はほかにいくらでもあるんだから」

「おまえの意見なんざ、聞いちゃいないんだよ。三叉は逃走の果てに事故で死んだ。それで終わり」

　柿崎は言った。

「あなたにそこまで判断する権限はない」

「むろん、俺にはない。でも、刑事課長に報告を入れれば、同じ判断をするでしょうよ」

「あなた、特別室を目の敵《かたき》にするのは判りますが、だからといって、この被害者のことを……」


「お取り込み中、すみません」

　入り口から桃園の声が響いてきた。

「ちょっと見て欲しいものがあるんです」


　風穴のある巨大な窪みを登り切った桃園は、息一つ乱すことなく、「こっちです」と正面に広がる樹林を指さした。栗柄、柿崎は腰に手を当て、大きく息をつく。滑りやすい急なスロープを一気に上ると、さすがに息が切れる。

　それでも、この数ヶ月でずいぶんと鍛えられた。日夜樹海の中を歩き回り、休みの日ともなれば、部下たちに遅れを取らぬよう、ジムに通う日々だった。体重は七キロも減り、体脂肪はもうすぐ一桁《けた》台だ。

　栗柄がしげしげと柿崎を見つめる。

「いやあ、ボスも逞《たく》しくなりましたなぁ。来たばかりのころは、木道でも転んでいたのに」

「運動などしたくはないですが、職務遂行のためであれば仕方ありません。それが、警察官としての務めでしょう」

「そう、それでこそ、ボスだ。それに引き換え……」

柿崎たちから遅れること数分、足をふらつかせながら、六道が登ってきた。

「刑事課の自称エースがこれなんだから……」

栗柄が肩をすくめる。今の六道には、反論する余裕もないようだった。

「揃ったのなら行きますよ」

桃園はスタスタと樹林の中に分け入っていく。道は左右に分かれていて、右に行けば、国道七一号線、左に行けば大室山《おおむろやま》の麓へとそれぞれ出る。

桃園が進むのはその真ん中、道のない原始林である。

青木ヶ原樹海の地盤は、富士山の噴火により流れ出た溶岩が冷えて固まったものだ。そのため、木々は地中深くに根を張ることができず、溶岩の表面を這うようにして自身のテリトリーを伸ばしていく。樹海特有の、ウネウネと巨大なヘビがのたうつような光景ができるのは、そうした理由からだ。

広葉樹と針葉樹の混じった木々の幹はどれも細く、ところどころには朽ちて倒れ、コケに覆われているものもある。

正規のルートを離れ五分も進むと、自分の進んでいる方向が判らなくなってくる。四方はすべて樹林であり、目印になるようなものは何もない。地形は平坦《へいたん》だが、生い茂る木々のせいで見通しがきかない。どこまでも同じような景観が続き、それでいて足下は根っこや岩のため段差も大きく歩きづらい。

　ふと気づくと、どこを歩いているのか判らなくなってしまう。

　もっとも、柿崎たちは既に何度も道なき道を踏破してきた。植生や地形のわずかな違い、太陽の位置などで何となくではあるが、自身が樹海のどこにいるのかが把握できる。コンパスやGPSがあれば、迷うことはほぼあり得ないと言っていい。

「ちょっと桃園巡査」

　サクサクと進んでいく桃園を柿崎は呼び止めた。

「少し待ってあげた方がいいんじゃないか。そのぅ……」

　柿崎の遥か後方、根っこの段差を越えられず、六道が腹ばいになって腕をバタバタさせている。

　桃園はその様子を見て、「ふふ」と冷たく笑うと、さらに速度を上げて歩きだした。

「ふふ」

　栗柄も桃園の真似《まね》をして歩きだす。柿崎は言った。

「同じ警察官なんです。困ったときは助け合わないと」

　前を行く部下二人は振り向きもしない。柿崎はゼエゼエと肩で息をしている六道の元まで戻った。

「目的地まで遠くはないはずです。一緒に行きましょう」

六道は柿崎と目を合わすことなく立ち上がり、ふて腐れた顔で歩き始めた。

その態度は警察官にあるまじき礼を失したものであったが、彼は柿崎の部下ではない。あとで刑事課長に報告し、注意してもらうことにしよう。

六道の足に合わせ、ゆっくりと進んでいく。桃園たちが進んだ方向は、何となく判る。

しかし、柿崎は違和感を覚えた。ここまで辿ってきた道を頭の中で地図に重ねると、緩やかなカーブを描いている。もう二十分近く歩いているが、直線距離にすると、風穴の場所からはさほど離れていない。

「ボス！　着きましたよ」

栗柄の声が倒木の向こうから、聞こえた。溶岩による凹凸を乗り越え、折り重なる倒木を越えた先に、桃園と栗柄の姿があった。六道は白い顔で口をだらしなく開け、その場にへなへなとしゃがみこんだ。

柿崎は桃園の元へ行き、小声で尋ねた。

「あなた、回り道しましたね」

「え？　何のことですか？」

「風穴のところからまっすぐ進めば、ものの五分で着く場所じゃないですか。それをわざと大きく迂回《うかい》して、二十分もかけた」

桃園が切れ長の目で、まじまじと柿崎を見つめた。至近距離で、しかも真正面からであるので、柿崎は頬が熱くなった。

「な、何ですか、私の顔に何か？」

「いいえ、すごいですよ、ボス。自分の頭で考えて、迂回のことが判ったんですね。すごい進歩、サルが類人猿になったくらいの進歩です」

「私は既に人間なのですから、もっと的確な比喩《ひゆ》を使ってもらわないと困ります。そんなことより、迂回の理由というのを説明してもらいましょう。まさかとは思いますが、六道巡査を困らせるために、そのようなことをしたのではないでしょうね」

「ボス！」

「今度はなんです？」

「今日のボスは神がかってます。当たりです」

「……それはつまり、六道巡査を困らせるためだけに、貴重な時間を無駄にして、二十分も樹海を歩いたと」

「いつまでも刑事課長の件を逆恨みして、ネチネチやってるから、ちょっと思い知らせてやったんです」

「思い知らせてって、お互い、警察官なんですよ」

「それは、向こうに言って下さい。そんなことよりボス、これを見てもらえますか？」

栗柄の足下には、ビールの空き缶が三本、転がっていた。うねる根っこと溶岩の隆起に挟まれた、窪地だ。周囲より一段下がっているため、かなり近づかないと視界に入らない。

「それと、これ」

空き缶の脇には、ガラスの小瓶がある。中には錠剤が一粒だけ残っている。

「薬瓶か」

「ラベルははがされていますが、おそらく、睡眠薬でしょう」

「缶にはほとんど汚れがついていない。持ちこまれたばかりのようだ」

「三叉のものである可能性が高いですね」

指紋を検出すれば全《すべ》て明らかになるだろうが、その指示をだすのは、柿崎たちではなく、土佐たちの領分だ。

栗柄はぐったりとしている六道の頰を叩く。

「ということで、巡査、どうしますか」

六道がもぐもぐと口を動かしたが、何も聞き取れない。

「ボス、警察官としての心得を、彼に説いてやってくれませんか」

柿崎は六道に向かって言った。

「警察官たるもの、決断は迅速に。そして命令はしっかりと明瞭《めいりょう》に行わねばなりません。あなたの声は、誰にも聞こえていませんよ」

六道は両肩をブルブルと震わせながら、怒鳴り声を上げた。

「鑑識を入れて、徹底的に調べる‼」

桃園が明るく花のような笑みを浮かべた。

「よかった。じゃあ、我々の役目はここまでですね。あとはよろしく」

「え？」

「風穴まで戻り、鑑識を連れて、ここまで戻ってきて」

「いや、それは、君たちが……」

「捜査のお邪魔になってはいけないから、私たちは風穴の探検でもしてますわ。ホホホ」

栗柄もニヤニヤと笑いながら、桃園についてその場を離れる。

六道はすがるような目で柿崎を見たが、桃園の言うことに間違いはない。柿崎たちに捜査権はなく、ここは刑事課の領分だ。

「では巡査、あとは任せましたよ」

柿崎は敬礼をすると、来た道を引き返した。

六

「ボスは風穴に入るのは、初めてですか？」

栗柄の問いに答えようとしたが、それどころではなかった。足下はカチカチに凍りついており、自慢の登山靴でも油断しているとすぐに滑る。洞窟の壁面に手がかりを探しつつ、一歩一歩、慎重に進んでいく。

周囲は真っ暗闇で、頼りになるのは、それぞれが装着しているヘッドランプの明かりの

み だ。自身の周囲を照らすには十分な光だが、それでも、洞窟の中では何とも心許《こころもと》ない。闇は遥か先まで続き、その先に何が待ち構えているのか、判らない。突然天井が低くなり、溶岩の突起に頭をぶつけそうになったこともある。

先頭を行くのは栗柄で、二番手が柿崎、最後尾を桃園が務める。それぞれの明かりがなるべく広範囲を照らすように、互いに二メートルほどの間隔を取りながら進んでいる。

樹海の中から這い出てきた六道によって鑑識が動員されたのが、三十分ほど前のことだ。風穴内にいた鑑識課員たちはみな、三叉のものと思われる遺留品発見地点へと駆りだされていき、風穴内は遺体と柿崎たちだけとなった。

「どうですボス、彼らが戻ってくるのを待つ間、風穴探検でもしませんか」

そう言いだしたのは、栗柄だ。

犯罪現場かもしれないところを歩き回るのは、感心しないと一度は断った柿崎であったが、桃園の、「だからこそ、隅々まで見て回る必要があるんじゃないですか？」の言葉に考えを変えた。実際、資格を持ったガイド同伴でなければ入ることが禁じられている風穴というものに、並々ならぬ興味があった。

地域課特別室に来るまで、柿崎は真の闇を体験したことがなかった。人が暮らすところには必ず明かりがある。たとえ田舎《いなか》であっても、街灯が深夜までともり、道には車のヘッドライトがあふれ、遥か彼方にはネオンの光が夜空をぼんやりと照らしだす。

樹海で初めて夜を迎えたとき、柿崎は背筋が凍ったものだ。頭から黒い布を被《かぶ》されてもしたかのように、何も見えない。手がかりとなる一筋の光すらない。すべてが黒一色に塗りつぶされていた。すぐ目の前に人が立っていても、気づけなかっただろう。

いま、風穴内の闇は、そのとき以上のものだった。入り口から十分ほど入ったところで、栗柄が試しにヘッドランプを消してみようと言いだした。三人が同時にスイッチを捻《ひね》ると、あの真っ暗闇が現れた。暗闇はすでに樹海で体験している。そう高をくくっていた柿崎だったが、風穴内の闇は、また別次元の恐怖を伴って柿崎を苛《さいな》んだ。

目には見えなくとも、閉所の圧迫感を覚える。天井が徐々に落ちてくるような、左右の岩肌が少しずつ狭まってくるような息苦しさを感じていた。

「ところで栗柄巡査」

懸命にさりげなさを装うが、暗闇の動揺が治まりきっておらず、語尾がかすかに震えた。栗柄が気づかぬはずはないのだが、ここは武士の情けなのか、それには触れてこなかった。

「何です、ボス？」

「君はこの風穴の道を知っているのですか？」

「ええ。まあ、だいたいは」

「だいたい？」

「ガイドの児玉さん、遺体の発見者ですけど、彼に連れてきてもらったことがあります。樹海専門の捜査官になるのであれば、一度くらい潜っておいた方がいいからって。こんなに深くまで来るのは、そのとき以来かな」

「つまり、ガイド同伴で一度来ただけ、そういうことですか?」

「まあ、そうですな」

「そんなんでよく、『だいたい』なんて言えますすね。ほとんど知らないってことじゃないですか」

「大きな声をださなくても、大丈夫ですよ、ボス。おっと、ここ段差があります、気をつけて。桃園がその辺はきっちり押さえているはずです」

「私、風穴に入るのは初めてよ」

二人が黙りこんでしまったので、柿崎も口を閉じ、歩行に専念することとした。

風穴は長く、途中にはいくつもの分かれ道があると聞く。自分がいまどの辺りにいるのか、来た道を戻り地上に還《かえ》ることができるのか、柿崎は内心、怯《おび》えきっていた。

三人のライトに照らしだされるのは、相変わらず、灰色の壁と所々に青白く広がった氷ばかりだ。気温は低く、薄手のジャンパーをはおっただけでは、寒いくらいだ。

「俺の勘でいくと、そろそろなんだけどなぁ」

栗柄の声がする。

「勘? 君は勘でこの風穴を案内しているのですか?」

「俺の勘がいつも冴《さ》え渡っていること、ボスならご存じでしょう?」

「その勘のせいで、私の胃に穴が空きそうになるのです」

「ボス、上手《うま》いこと言いますなぁ」

「感心してもらうために言ってるわけではありません。あなたももう少し、警察官としての自覚を……」

残りの言葉は、目の前に現れた光景に、すべて飲みこまれた。

数メートルに亘って青白い氷が地面を覆っている。天然のスケートリンクのようだ。洞窟はそこで行き止まりとなっていて、緩やかな楕円《だえん》を描きつつ、ところどころ、半透明となった氷が宝石のような輝きを放っていた。

「これは……」

そして、柿崎の目を何より惹《ひ》きつけたのは、天然のリンクにニョキニョキとはえる白い海坊主のような物体だった。長さ数十センチのものから、人の指先程度のものまで、大きさは様々だ。先端は丸みを帯びていて、それらがキノコのように氷からはえているのだ。

「これが氷筍《ひょうじゅん》ってヤツです」

栗柄が言った。そのときになって、彼がヘッドランプのほかに大きな懐中電灯をともしていることに気がついた。洞窟全体がぼんやりと光っているのは、そのためだった。

「そんな強力な懐中電灯を持っているのなら、最初から使えばいいじゃないですか」

「いやあ、ここでの効果を考えて、隠しておりました。な、桃園」

振り返ると、桃園も同じ懐中電灯を手に、氷を照らしている。

「サプライズですよ、ボス」

「いや、しかし……」

桃園は氷からはえる不思議な物体に光を向けると、柿崎の困惑を無視して続けた。

「氷筍《たけのこ》というのは、氷の筍って書きます。見ての通り、氷でできた筍みたいでしょう？上手いこと、名付けますよね」

「これがみんなのお目当てなんですよ。ボス」

栗柄はそう言いながら、洞窟全体をゆっくりと照らしていく。

「天井から水がポタポタ垂れるでしょう？　そいつがここの冷気で冷やされて凍っていく。凍ったものの上にまた、水がポタリポタリと垂れる。それが凍る。その繰り返しで氷筍ができるんです」

「はぁ、不思議なものですねぇ」

その頃には、懐中電灯の件などどうでも良くなっていた。ただただ、目の前に広がる自然の造形美に圧倒されるばかりだった。

ふいに、洞窟内を照らしていた光が消えた。栗柄たちが懐中電灯を消したのだ。

「ということで、ボス。観光はここまでです。あんまりゆっくりしていると、また六道のヤツらに嫌みを言われますからね」

「そろそろ、帰りますよ、ボス」

部下二人に言われ、今が職務中であったことを思いだす。

「そ、そうでしたね。遅れては、刑事課の面々に申し訳ありません。戻りましょう」

我に返ると、洞窟内の冷えこみに思わず身を震わせた。

「ここは真夏でもそれほど温度が変わらないそうですね」

「その通りです、ボス。昔、この洞窟は天然の冷蔵庫としても使われたんだそうですよ」

「冷蔵庫？　何を冷やしたんです？」

「それは自分でお調べください」

栗柄はそのまま、迷うこともなく、ヘッドランプの明かりを頼りに、来た道を戻り始める。

一度来ただけというのは嘘《うそ》で、恐らく柿崎をからかったのだろう。桃園もまたしかりだ。極限状態にあって上司に嘘をつくなんて、警察官としてあるまじき行為だ。後で厳重に注意しなければ。

とはいえ、すべてはここを出た後のことだ。ここで部下たちにヘソを曲げられでもしたら――考えるだけで、恐ろしい。

七

「答えがやっと判りましたよ」

柿崎の声に栗柄が競馬新聞から顔を上げた。

「お聞きしましょう、ボス」

「キーになるのは、養蚕《ようさん》ですね。風穴を冷蔵庫代わりにしていたというのは、蚕《かいこ》の卵でしよう。蚕の卵は春に孵化《ふか》する。それを冷たい風穴内に保管して、コントロールした」

　栗柄が手を叩いた。

「お見事です、ボス。同じようなことは、全国の洞窟などで行われていたようです。しかし、今時、ネットで検索をかければ、このくらいのことすぐに判りますよ。我々が風穴から戻って三日、ちと時間がかかりすぎやしませんか」

「栗柄巡査、私はこれでも忙しいのです。あなたのクイズのことばかり考えているわけにはいかないのですよ」

「おっしゃる通り、失礼しました。この特別室に忙しい人間がおるとは思ってもいなかったもので」

　それに呼応するように、桃園の珍しく間延びした声が響く。

「ホント、暇ですね」

　風穴探検を終えた柿崎たちは、現場の検証を終えた土佐、六道たちと合流した。しかし、土佐は一切の情報を柿崎たちには与えず、遺体の運搬その他もすべて刑事課で行うと述べた。異を唱える暇もなく、進入禁止を示す黄色いロープの向こうに追いやられた柿崎たちは、そのまま引き返すよりなかったのである。

　栗柄が言った。

「あの風穴の遺体、どうなったんでしょうね」

　柿崎は新聞をデスクに置くと、言った。

「全国紙からローカル紙まで、すべてに目を通していますが、三叉に関する記事は何もありませんねぇ」

　栗柄は首を捻る。

「解せないなぁ。土佐たちは三叉の遺留品を調べ、あれがただの事故じゃないと確信したんだ。だから俺たちを遠ざけた。手柄を持って行かれたら、たまらんからな」

　桃園も会話に加わった。

「すぐに県警が乗りだしてきて、帳場がたつと思っていたのよねぇ。でも、それもなし」

　柿崎はうなずく。

「解せません。いったい刑事課は何を考えているのか」

「何となく嫌な感じがしますなぁ、ボス。三叉が第一容疑者であった甲府の殺し、あれも続報が何もない。こいつはひょっとすると、ひょっとしますぜ」

「ひょっとする……とは？」

「ボス、もう少し、自分の頭を使う術《すべ》を身につけた方が」

「十二分に活用しているつもりですが」

「そいつは空回りってヤツです」

　上司に対する態度を改めるよう、しっかり注意しようと立ち上がりかけたとき、プレハブのドアが大きな軋み音をたてて開いた。

　そこには、憔悴《しょうすい》した土佐の姿があった。

「土佐巡査部長……」

栗柄がわっと両手を上げ、立ち上がった。

「そろそろ来るころと思っていました。さすがは土佐巡査部長、我々の期待を裏切らない」

土佐はまっすぐ柿崎のデスクに向かってくる。途中、栗柄の前で立ち止まり、低くつぶやいた。

「テメエの期待になんか、応《こた》えたくねえ」

ここで二人の諍《いさか》いが始まっても面倒だ。柿崎は土佐を促し、隅の応接セットへと案内した。

呼びもしないのに、栗柄、桃園は当然のような顔をして、柿崎と土佐の隣にそれぞれ座った。

「それで、ご用件は？」

土佐は手にしていた書類の束を、テーブルに置いた。

「今日、俺がここに来たことは、内密にしてくれ」

栗柄がガッツポーズをして言う。

「任せろ。我々は口が堅いことで有名……」

柿崎は慌てて遮った。

「それはお約束できません。警察官たるものそのようなスタンドプレーはですね……」

今度は桃園が柿崎を遮った。

「土佐巡査部長、続けて」

「ここにあるのは、田所孝行殺害事件の資料だ」

「樹海に関係ないことまで知らせる義理はない。あなたはそのような趣旨の発言をされていましたが」

土佐は柿崎を上目遣いに睨みつけた。

「関係あるから、こうして出向いてきたのですよ」

「判りました。詳しく聞きましょう。我々が知っているのは、被害者の田所が薬の売人であり、自宅で何者かに撲殺されたこと――くらいです」

柿崎の嫌みを土佐は顔を顰めながらやり過ごした。

「売人と言っても、田所は特定の反社会組織に属しているわけではありませんでした。仲間内で鎮痛剤系や睡眠薬を調達し、甲府市内で売りさばく」

「ホームレスやバイトを使って薬を集めるという手法ですね。しかし、若者が勝手にそんなことをしては、本業の者たちが黙ってはいないでしょう。あの界隈《かいわい》は、久竜《きゅうりゅう》会《かい》傘下の徳間組のシマではなかったかと」

「さすがです。ただ、徳間組は彼らの行いには静観の構えだったのですよ」

「ほう。それはなぜ？」

「田所は岸島智也《きしじまともや》とつるんでいたからです」

「岸島……どこかで聞いた名前ですね」

「父親の名前は岸島吉悦《よしえつ》参議院議員です。当選三回。地元ではそこそこの力があります」

「どうも画《え》が見えにくい。最近は樹海のことばかり気にしていましたので」

そこに栗柄が割りこんできた。

「ボス、岸島智也の名前を知らないってのは、少々、怠慢ですなぁ。競馬新聞しか読まない私でも知ってますよ」

「知っているなら情報共有に努めなさい。人の怠慢を責めるのはその後です」

「人の怠慢を責めるのはボス……まあいいや。智也ってのは、吉悦の一人息子でしてね。まあできの悪さは折り紙つき。親父《おやじ》のご威光を笠《かさ》に着てってヤツです。また親父が溺愛《できあい》するもんだから、手がつけられない。中学時分から相当な悪で、かなりきわどいこともやってましたが、どうしたわけか、捕まるのは周りばかり。気づいたときには、跳ねっ返り共のリーダーになってたってわけで」

「なるほど。岸島のホームグラウンドは、もともと徳間組の傘下ですが、構成員ですら議員の息子にはおいそれとは手をだせない。殺された田所は、そんな岸島智也と繫《つな》がっていたってことです」

「ですが……」

桃園が資料の一枚に目を落としながら言う。

「事件自体は、当初、あなた方が言っていた通り、さほど難しいものではないですね。犯人は三叉で決まりでしょう」

　土佐はうなずく。

「三叉ってのは、被害者と同じく岸島の取り巻きの一人でした。田所とはもともと折り合いが悪く、あちこちでもめ事を起こしてもいました」

　桃園が尋ねる。

「三叉は事件当夜、現場付近で目撃されていたのよね？」

「付近の防犯カメラにも映っていた」

「ほぼ決まりってとこまで来ていたのに、寸前で逃げられた。お粗末ね」

　桃園は冷たい視線を土佐に向ける。いつもなら顔を真っ赤にするところだろうが、今日はただシュンと肩をすぼめるだけだ。

「その後の顛末《てんまつ》は、あんたらも知っての通りだ。三叉は樹海の富士風穴で死体となって見つかった」

　柿崎は土佐を見る。

「その後、何の報告も入っていないのですが、事件はどうなっているのですか」

「田所殺しは三叉の犯行。三叉の死は自殺ってことに決まりました」

　栗柄が鼻を鳴らす。

「そんなことだと思ったぜ」

　桃園はさらに資料をめくり言った。

「三叉は自殺するため樹海に入り、風穴付近でビールとともに睡眠薬を大量に飲んだ。ただ、量が十分でなかったため意識朦朧《もうろう》として、樹海をさまよい出た。そして、風穴に下りる急なスロープで転倒、転落した……か」

「あとはやはり朦朧としたまま、風穴に入りこみ、まもなく倒れ、絶命した。自殺と事故の合わせ技ってことですよ」

栗柄は資料を見ることもなく、薄笑いを浮かべながら、額に手を当てた。

「たとえ人を殺したからって、自殺するようなタマじゃないだろ、三叉は」

柿崎は言う。

「先入観は禁物です。人間、追い詰められるとですね……」

「いえ」

意外なことに、口を開いたのは土佐だった。

「私もヤツが自殺したとは思えんのです」

土佐は三叉の遺留品を撮影した写真をテーブルに並べる。

写っているのは現場で見つかったビールの空き缶や薬瓶だ。土佐はそこにもう一枚写真を追加した。革の財布と画面が割れた携帯、そして充電器だ。

「こちらはポケットの中身です」

「財布はずいぶんと膨らんでいますね」

「十五万円入っていました。その他、クレジットカードなども」

「持ち物はこれだけですか？」

「ええ。そこが引っかかりまして」

「たしかに、着の身着のままというのは、ちょっと……」

栗柄が言った。

「遺体の指に白い粉がついていたな。あれは、睡眠薬かい？」

「ああ。服用した薬と同じ成分が検出された」

柿崎は、散らばった資料をまとめながら言った。

「この資料を見る限り、三叉氏の死を自殺または事故で処理するのは、間違いではないと思いますが」

「ボス、待ってくださいよ」

栗柄が、ポケットから手帳をだしながら言う。表紙が水に濡れ反り返っているメモ帳を、彼はパラパラとめくる。

「ボス、我々の報告をしっかりと頭に叩きこんでいただかないと困りますなぁ」

「報告はなるべく、理解し記憶するよう努めていますが……」

「あの日我々は、この土佐巡査部長の依頼を受け、バス停付近の聞きこみを行いました。そのとき、樹海屋の主人田中さんが何と言ってましたか」

「あの時はまず当麻君に話を聞いて、その後、ご主人が出てきて……あ！　荷物は、デイパック一つ」

「それですよ、ボス。デイパックなんて、どこにもなかった。土佐巡査部長がお忍びでここに来たのは、それですな」

土佐は口を真一文字に結びうなずいた。

栗柄は得々として続ける。

「読めてきましたぞ。刑事課は、我々の報告を無視するつもりだ。デイパックなんて端《はな》からなかったことにしたいんだ」

「そんなことをして、何になるんです？」

「三叉は自殺ということで、結論づけたい。そうでしょう？　土佐巡査部長？」

彼は大きくうなずいた。

「その通りです。あったはずのデイパックがなくなったということは、三叉が薬を飲んだ現場に、第三者がいたことになる」

「無関係の誰かが、持ち去った可能性もありますよ」

「それならそれで、確認する必要があります。刑事課長は、それすらしようとしない」

どうやら話は核心に触れたようだった。

柿崎は言う。

「つまり、新任の刑事課長は、捜査を歪《ゆが》めていると？」

「俺にはそうとしか思えません」

桃園が携帯を取りだし、その画面を土佐に見せた。

「その陰には岸島吉悦の存在が？」

画面に出ていたのは、田所殺しを報じる新聞記事だ。

「ボス、つまり、死人に口なしということです。田所殺しの犯人は三叉。そして三叉は犯行を悔いて自殺。それにて捜査終了。そういう圧力がどこからかかかり、新任の刑事課長はホイホイと尻尾《しっぽ》を振ったってこと」

土佐は歯を食いしばりつつ、目を潤ませて言う。

「そりゃ、前の課長はとんでもないヤツでしたけど、通常の捜査では曲がったことなどしませんでした」

栗柄が何か言いたそうにしていたが、睨んで止める。

「こんなこと、俺たちへの侮辱です」

「つまり、デイパックの件を、我々から刑事課長に報告せよということですか？」

「いいえ。あなたがたが報告したところで、課長は何もしませんよ」

栗柄は自嘲《じちょう》の笑みを浮かべた。

「地域課特別室ごときの言うことなど、聞く耳もたんてとこでしょうな」

柿崎も同感であった。

「同じ警察官として、そうした偏見はよくないことですが、ならば、土佐巡査部長、あなたはどうしてわざわざここへ？」

「捜査を続けて欲しいんです」

「は？」

「柿崎警部補に真犯人を挙げていただきたい」

柿崎が答えるより先に、栗柄が荒い声で言った。

「勝手なこと言ってんじゃねえよ。テメエのケツはテメエで拭《ふ》きやがれ」

土佐は何も答えずうつむくだけだった。

柿崎はその肩に手を置いて言った。

「判りました。やってみましょう」

「ボス！」

栗柄と桃園の燃えるような視線を感じた。柿崎は構わず続ける。

「我々は警察官です。部署は関係ありません。殺人犯が野放しになっているのであれば、捕まえる。それが、警察官の職務でしょう」

「ボス、あんたって人は……」

「あまりにバカすぎて……」

部下二人の顔つきは険しかったが、内心では自分のことを誉《ほ》めているのだと柿崎は解釈する。

「土佐巡査部長、三叉氏の件と田所氏の件は繋がっている可能性が高い。田所殺しのより詳しい情報についても……」

土佐は新たな書類の束をテーブルに置いた。

「そうくるだろうと思って、持ってきました」

栗柄が横目でそれを見ながら言う。

「そんなもんなくても、大体の情報は仕入れてるよ」

「いや、捜査本部の者以外、知らない事実がある。マスコミにもこの件は伏せられている」

「あん？」

「被害者の右手人差し指の先端が、切り取られていたんだよ」

八

「下り坂」の駐車場にあるのは、明日野が仕入れなどに使っているハイエース一台だけだった。午後一時という時間を考えれば、客の一人や二人、いても良さそうなものだが……。

柿崎が店の入り口に目をやると、そこには「臨時休業」の文字があった。

車を止め、エンジンを切る。助手席の栗柄、後部シートの桃園共に、運転への礼も言わず無言で降りていく。そもそも、なぜ上司である自分が運転手を務めねばならないのか。あとでゆっくりと話をする必要があった。だが今は、事件捜査が優先だ。

「おじゃましまーす」

栗柄の大声と共に、店に入る。

がらんとした店内の一番隅の席に、若い男が一人、怯えた表情で座っていた。厨房の方からは、皿を洗う音が聞こえてくる。桃園がのれん越しに声をかけた。

「明日野さん？」

流しの音が止まり、明日野が顔をつきだした。

「ああ、これは失礼しました。洗い物をしていて気づきませんでしたよ」

柿崎は頭を下げた。

「無理な頼みを聞いていただいて恐縮です。お店まで休んでいただいて……」

「いやいや。ここでこうやって暮らしていられるのも、皆さんのおかげですから。お役にたてることならなんでもやりますて」

栗柄は既に、隅の男を睨んでいる。

「明日野さん、さっさと進めても構わないか」

「もちろん。好きにして下さいな。私は、部外者なんで、向こうにいますから」

後々のことを考えれば、関《かか》わりは最小限に留《とど》めたい。柿崎にも異存はなかった。

「ではこの場を少し、お借りします」

「はいはい」

厨房へと明日野が消えるのを待ち、柿崎たち三人は、立ったまま男を囲んだ。

「な、何だよ、あんたら」

男は怯えた様子ながら、精いっぱいの強がりを見せている。

こうした時は、栗柄の独壇場だった。

「警察だ。豊洲眞一《とよすしんいち》さん。あんたにききたいことがあるんだ。田所孝行殺しについて」

「ちょっと、明日野さん、これ、どういうことなんすか?」

厨房に向かって呼びかけるが、無論、返事はない。

桃園が妖艶《ようえん》な微笑みとともに、豊洲と呼ばれた男の顔をのぞきこんだ。

「明日野さんにはずいぶん、世話になったんでしょう? 少年院を出たあと、就職の世話まで」

豊洲は、頰をほんのり赤らめ、「いや、まあ」と口ごもった。桃園は続ける。

「受けた恩っていうのは、こういうときに返すもんなんじゃないのかしら」

栗柄がすかさず睨みを利かせた。

「すっかり足を洗ったとは言っても、情報は入ってくるはずだ。悪ガキの更生を手伝ってんだろ?」

柿崎は尋ねた。

「それはどういうことです?」

口をつぐむ豊洲に代わり、栗柄が言った。

「家出して行き場のない若いのを引き受ける施設があるんですよ。そこのボランティアをしてるんです」

「素晴らしい。立派な青年ではないですか。そんな彼をどうして……」

「施設で働いていれば、若いヤツらの情報が嫌でも耳に入る。当然、岸島や田所のこともね」

豊洲が言った。

「そりゃそうだけど、人に言うわけにはいかないんだよ。守秘義務とか個人情報とか」

「これは殺人の捜査だ。そんなもん、関係あるかよ」

「栗柄巡査！」

柿崎は割って入ろうとしたが、桃園に遮られた。

「ボス、ここは彼に任せておきましょうよ」

「しかし……」

「警察官たるもの、職務第一。私たちの目下の職務は殺人犯の逮捕、そうじゃないですか？」

「それは……まあ、そうだが……」

その間も栗柄は、あの手この手で豊洲に詰め寄っている。

「おまえが情報を漏らしたことは絶対に判りはしない。俺らは口が堅いからな。ここで何も話さなければ、明日、施設に出向くことになる。施設にはおまえを慕っている若いのもいるんだろう？　そんなヤツらの前で、警官に問い詰められたくはないだろうが」

豊洲の目は潤んでいた。

「……あんたら、酷いじゃないですか」

「やっと判ったか。さあて、納得のいったところで、質問に答えてもらう。殺された田所だが、三叉との関係はどうだった？」

豊洲はしばし、憤った様子で目を下に向けていたが、まもなく、観念したように目を薄く閉じると、投げやりな調子で語り始めた。彼の中で、何かが崩れたようだった。

「どっちもいい噂はきかなかった。ホームレスや家出人使って薬とか集めて、売りさばいてるって」

「そのくらいはこっちも情報を摑《つか》んでいる。問題は、そいつらを束ねているヤツだ。地元の暴力団、徳間組ともいざこざを起こさず、好き放題できるってのは、何か理由があるんだろう？」

「岸島のことか？　その通りだよ。田所も三叉も岸島とつるんでいた……というか、岸島に使われてたってとこかな」

「田所と岸島は上手くいってたんだろう？」

「最初のうちは良かったみたいだよ。だけど、最近は……」

栗柄はちらりと目を上げ、桃園は柿崎を見た。

豊洲は細い声で続けた。

「田所と三叉が徳間組にスカウトされたって噂があって」

「なるほど。岸島みたいなド素人に好き放題されたんじゃあ、地元の組のメンツも丸つぶれ。かといって、岸島は有力政治家の御曹司《おんぞうし》だ。表だって手をだすこともできない。そこで、内から攻め始めたってことか」

「田所と三叉はすっかりその気になって、岸島と距離を取り始めた」

「岸島としては、当然、面白くないわな。ヤツにはヤツのメンツがある。そんな勝手を許しておいたら、誰もついてこなくなるもんな」

豊洲は立ち上がり、栗柄の鼻先に食いつかんばかりの勢いで言った。

「もういいだろ！」

栗柄はニヤリと笑って、親指で出入口のドアを指した。

「ありがとよ。送ろうか?」

「いらねえよ」

豊洲は厨房を振り返ると、顔を歪めて吐き捨てた。

「見損なったぜ、明日野」

大きな音をたてて扉が閉まり、重苦しい沈黙だけが残った。

はらりと暖簾《のれん》が揺れ、明日野が顔をだした。表情に苦悩めいたものはなく、笑みさえ浮かんでいる。

「やれやれ、すっかり嫌われちまいましたなぁ」

柿崎は言った。

「明日野さん、あの青年はあなたを慕って、立派に生きてきたんですよ。それをこんな形で……」

「警部補殿、あいつはね、人を三人、半殺しにして少年院に入ったんですよ。そのほかにも、表に出ていない悪さをたっぷりやっている。たしかに更生はしたかもしれませんが、過去の悪行の報《むく》いは、いつか受けるものなんです。この程度で済んでは、軽すぎるくらいですよ」

明日野はどこか悪魔めいた口調で、そう言った。

「だから警部補殿、気にすることはありません。それにあいつはもう、私なんぞ必要としていない。今日の屈辱を糧にして、立派に生きていきますよ」

「明日野さん……」

「さあ、この話はここまで。それよりも、次の一手をどう打つかですなぁ。私が思うに……」

明日野はそこで口を閉じ、ぴしゃりと自分の額を叩いてみせた。

「失礼。ここからは俺の領分じゃないんでしたな。じゃ、後は任せました」

くるりと背を向け、また厨房の向こうへと消えていく。

栗柄は頭の後ろで手を組み、桃園は椅子《いす》の一つにゆったりと腰を下ろしつつ、揺れる暖簾を見つめていた。

どこか感傷的な空気が漂うが、ここは非情に冷徹に、プロフェッショナルとして振る舞うべきところだ。その心構えを上司として示さねばならない。柿崎は言った。

「さて、田所、三叉の二人と岸島の対立構造が明らかとなりましたが……」

「なあ、桃園、おまえ県警の組織犯罪対策課にコネあるか？」

栗柄が言った。柿崎の言葉はあっさりと無視された格好だ。

「栗柄巡査、仮にも上司である私が喋《しゃべ》っているわけですから――」

「あるわよ」

桃園にも無視された。

「使えそうなネタ、何かねえかな」

「待ってて。きいてみる」

桃園は携帯を手に、店を出て行く。

「二人とも、少しは私の話をですね……」

「ボス、こいつは面白くなってきましたよ」

栗柄は満足そうに微笑みながら、大きく伸びをした。

九

富岳風穴駐車場から樹海に入って三十分、富士パノラマラインに並行して続く東海自然歩道を辿りながら、黙々と進んでいく。

両側の景色はいつもと変わりがない。灰色の幹と茶色く乾いた落ち葉、その合間に見える緑色のコケ。カラマツの黄色く色づいた葉が多少のアクセントになっている程度か。秋の日は弱々しく、遊歩道を照らす力はない。

　昼過ぎでも薄暗い道を、柿崎は早足で進んでいた。

　ようやく、前方に黄色いテープが見えた。立っているのは、上吉田警察署地域課の水家《すいか》巡査である。

　柿崎たちを認め、敬礼をした。

「ご苦労様です」

「意外と距離があり、遅くなってしまいました」

　柿崎は後ろを振り返る。すぐ後ろにいたワイシャツ姿の男が、怒りの形相もすさまじくこちらを睨んでいた。さきほどまでしていたネクタイは、シャツの胸ポケットにつっこんである。元来が汗かきであるのか、額から滴が垂れており、シャツの脇の下から背中にかけても、大きな染みが浮き出ていた。

　中肉中背、特徴のない体つきではあるが、スキンヘッドにそり落とした眉と、顔つきは実に判りやすいものだった。

「こんなにかかるなら、最初に言えよ」

「動きやすい服に着替えるかと、最初にきいたでしょう。断ったのは、そっちですよ」

「だからって……」

　遊歩道を外れた下草の向こうから、栗柄が顔をだした。

「ああ、ボス、ようやくお着きで。お待ちしていました」

「栗柄巡査、こちらが木下健喜《きのしたけんき》さん」

「ああ、あんたが、徳間組のきけんなけんき」

「人のあだ名、気安く呼ぶんじゃねえよ」

「こんなところまで来て、意気がってんじゃねえよ、チンピラが」

「何だと⁉」

摑みかかろうとする木下を押しとどめつつ、柿崎は彼を遊歩道の外へと誘導する。

「確認していただきたいものがあるだけです。すぐに済みます。ここをまっすぐ行ったすぐのところ」

木下は聞こえよがしに舌打ちをするが、警察相手に一線を越えるような真似をするはずもない。

大人しく栗柄の後ろにつき、歩き始めた。柿崎はあらためて水家に礼を言うと、二人の後についていく。

栗柄は草や盛り上がった根っこを跨《また》ぎ越しつつ、木下に話しかけている。

「ヤクザやるのも、大変なんだってな。半グレみたいなのが出てきて、シマを荒らしたりするんだろ?」

「うるせえ」

木下の息はかなり上がっている。ただ歩くだけの遊歩道と違い、ここは未整備の、まさに野生のままの樹海だ。あちこちに段差があり、倒木があり、胸のあたりまで雑草が茂る。

周囲の景色は変化がなく、自分がどのくらいあるいたのか、時間、空間の概念の摑み所がなくなってしまう。それが余計に疲労を蓄積させるのだ。

「まあ、こっちとしては、誰に来てもらってもよかったんだけど、やっぱりね、しっかり確認できる人に来てもらわなくちゃさ、二度手間になっても……」

「だからうるせえって。少し口閉じてろよ」

「うるせえのは、生まれつきだよ。で、念のため確認したいんだけど、志度《しど》実《みのる》が行方不明になったのは二年前なんだな？」

「ああ、そうだよ」

木下は一度立ち止まり、肩で大きく息をした。

「組の金、持ち逃げしやがった。血眼《ちまなこ》になって捜したけど、見つからず仕舞い」

「おまえは志度と親しかった？」

「ああ。だからこうやって来たんだよ。顔もよく知ってたし、背丈や体つき、首筋にほくろがあったことも知ってる」

「そいつは助かる。じゃあ、一目見て、解決だな」

「で、その……見つかった死体ってのは、志度に間違いないのか？」

「それが判らないから、あんたに来てもらってんだろ」

「しかし、現地にまで出向かなくちゃならねえもんなのか？　顔の部分の写真送ってくれれば……」

行く手から人の話し声が聞こえてきた。手前のカラマツの幹とまるでタコの足のごとく張りだした根っこに遮られ、現場はまだ視界に入らない。

　栗柄が柿崎に向かって、目で合図を送ってきた。いよいよだ。

　柿崎は後ろから木下に言った。

「そう言えば、田所孝行の件、聞いておられますよね」

　木下はちらりと背後を振り返り、「ああ」とだけ答えた。

「容疑者であった三叉ですが、あなたがたと接触があったとか」

　木下はもう振り返らない。柿崎は重ねて言った。

「田所にも、あなたがたとの接触があった気配がある。これはどういうことなんでしょう」

「知るかよ、そんなもん」

「田所と三叉の間に、何かもめ事があったのでしょうか」

「さあな」

「そんなことも調べず、反目し合う二人に声をかけたと？」

　木下は立ち止まり、柿崎を睨む。栗柄に対するより遥かに威圧的な態度だった。ヤクザは人を見る。自分より上の者には媚《こ》びへつらい、下の者は虐げる。栗柄は上で、柿崎は下ということだ。

「あんた、何が言いたい？」

「いえいえ、徳間組幹部であるあなたが、二人をスカウトしていたと聞いたものですから、確認をと思いまして」

「噂だよ。あんなチンピラ共に声なんぞかけるかよ」

「おい、何してる」

栗柄の声が響いた。

「もうすぐそこだ。グズグズしてんじゃねえよ」

木下の顔が苛立ちで赤く染まり、そのはけ口は柿崎に向いた。柿崎を睨んだまま「ちっ」と舌打ちをすると、肩をそびやかして栗柄の後に続いた。

雑草をかき分けた先が現場だった。柿崎はその場に留まり、これから起こるであろうことを待つ。

三十秒後、木下の悲鳴が響き渡った。

まあ、こんなものでしょう。まだまだ物足りない感があったが、柿崎は茂みをかき分ける。

すぐそばの木に、赤黒いものがぶら下がっていた。死体だった。

首を吊《つ》って、十日といったところか。腐敗が進んではいるが、まだ皮膚は残っている。表面は灰色となっているが、多くは肉塊が剝《む》きだしとなり、猛烈な腐臭を放っている。ハエがぶんぶんと飛び回り、遺体にはウジがたかる。

ロープが巻きついている首はすっかり伸びきり、地面に足先が着いていた。

顔はさらに凄惨《せいさん》だった。わずかに残った髪が液化した皮膚にへばりつき、右目がどろりとはみだしている。左目は既になく、黒い空洞と化していた。

その正面で、木下がへたりこんでいた。

「な、なんなんだ、こりゃ……」

死体の背後から、桃園が音もなく現れ、木下の前に立つ。

「あら、きいてないんですか？　身元の確認です」

「ば、バカ言うな。こんなん、身元もクソも……」

「それじゃあ、困るんです、木下さぁん。このご遺体が、志度実さんでないか、近くに寄って、よおく見ていただかないと」

「い、いや、近づかなくても判る。これは、志度なんかじゃ……」

「志度さんは行方不明になった当時、二十四歳。このご遺体も推定、そのくらいなんですよ。洋服は、もう判別つかなくなっていますけど、持ち物とか、ご遺体の横に遺留品が散らばっています。まだ鑑識が来ていないので、動かすことができないんです。一つ一つ、近づいて見ていただきたいんですけどぉ」

木下の顔は真っ青だった。さっきよりも激しく、汗がしたたり落ちている。

「む、無理。そんなの……」

栗柄が後ろから忍び寄り、木下の脇の下に手を入れる。

「ほら、近くで見ろって」

無理矢理立たせると、ポンと背中を突いた。

木下は悲鳴を上げながら遺体に突進していき、その直前で尻もちをついた。手をついた先には、遺体から落ちた右腕があった。

「ぎゃひぃぃ」

木下はその場に平伏し、吐いた。

「あーあー、現場、汚しちゃって」

「仕方ないわね。鑑識が来るまで待ちましょうか。あ、ボス、そういえばさっき、何か話をしてましたよね」

桃園に振られ、柿崎はうなずく。

「ああ。例の田所殺しのことだ」

桃園は這いつくばっている木下を見下ろして言う。

「この人、田所と関係があったんじゃないでしたっけ？　あ、死体で見つかった三叉とも」

こうしたとき、桃園の声は特に冷たく響く。

「三叉も樹海で見つかったのよねぇ。幸い、発見が早かったから、こんな風にはならなかったけど」

木下は激しく首を左右に振った。

「知らない、俺は何も知らない」

「まだ、何もきいてないわよ」

木下はまた吐いた。桃園は顔を上げ、茂みの向こうに歩いていった栗柄に言う。

「そっち、何か見つかった？」

ガサガサと茂みをかきわけ、栗柄が姿を見せる。

「なくなってた左目な、あっちに転がってたぞ」

「鳥か何かに突《つつ》かれたのね」

桃園の足下で、木下が吐き続けている。

栗柄がその脇にしゃがみこむと、ぐいと顔を近づけた。

「しかしおかしいじゃないか。あんたに揃ってヘッドハンティングされた仲良しの二人が、突然、仲違《なかたが》いして殺し殺されるなんて」

「三叉はやってねえ」

木下の声は裏返っていた。

「ほう、なぜそう言える」

「田所が殺された日は、一晩中、俺らと一緒にいたんだ」

「アリバイか。なのになぜ、誰も証言してやらなかったんだ？　三叉は逃げ回った挙げ句、樹海で一人寂しく死んだんだぞ」

「アリバイは証言するつもりだった。だが、おまえら警察が俺たちの証言をまともに聞くはずもねえ」

「まあな」

「ヤツは何か秘策があるようだった。少し時間をくれと言ってきた。こっちとしても、アリバイ証言なんてしたくねぇ。だから、ヤツに任せたんだ」

柿崎は栗柄と目を合わせる。

柿崎には、木下がでまかせを言っているようには見えなかった。どうやら、栗柄も同感のようだ。

その栗柄を押しのけるようにして、桃園が割って入る。手には証拠品を入れる透明の袋があり、中には正体不明の赤黒い物体が入っていた。

「嘘はいけないんじゃない？　秘策があるって人間が、どうして樹海で自殺すんのよ」

袋をピタピタと木下の頰に当てる。木下はうめき声を上げながら、涙を流し始めた。

「そ、そんなこと、知らない」

「田所の指は一本切り取られていたっていうし。そういうこと、ヤクザならよくするんじゃないの？　さあ、吐くなら今のうち……って、もうたっぷり吐いちゃったか」

木下は目の前の袋から目をそらしながら、か細い声で言った。

「指って、何のことってす？　そんなこと、初めて聞きました」

そろそろ、頃合いのようだった。今度は、桃園に代わり柿崎が木下の前に立つ。

「我々は、三叉の自殺が殺しだと睨んでいます。三叉に自殺しなければならない動機はなく、つまり、田所殺しも別人の仕業と見ています。さて、そうなると、二つの事件に絡んでいるのは、木下さん、あなたとお仲間たちなんですよ」

「だから、知らないって。俺たちは、田所と三叉を仲間にしようと、誘いをかけていたんだ。殺すわけがねえ」

「薬密売の主導権を、岸島から奪うためですね」

「そうだよ。いくら政治家のボンボンだからって、ここまで好き勝手やられてたまるか」

「では最後におききします。あなたがたは、誰が田所を殺したと思っていますか？」

木下にもはや、ためらいはなかった。

「岸島に決まってるだろう。ヤツが裏切りに気づいたとすれば、その場でぶっ殺すはずだ。そういうヤツなんだよ」

「岸島には仲間もいるのですね」

「ああ。危ないのが揃ってるよ。だから、俺らも迂闊《うかつ》に手をだせねえ。派手な抗争になったら、あんたらにどちらも潰《つぶ》される」

「判りました。ありがとうございます。こちらのききたいことは、以上です。では栗柄巡査、桃園巡査、行きましょうか」

「了解、ボス」

二人は声を揃え、柿崎に続いて歩き始めた。

木下の悲鳴のような声が追ってくる。

「お、おい、待てよ。こ、この死体、どうすんだ。志度は？」

栗柄が笑いながら答える。

「バカ言ってんじゃないよ。そのご遺体は死後十日ってところだ。二年前に行方不明になった志度じゃねえ」

「は？」

「身元も判っている。二週間前、行方不明者届が出ている二十五歳の会社員だ」

木下はポカンと口を開けたまま、さっきまであれほど気味悪がっていた死体をまじまじと見つめている。

「……ってことは、俺……」

「適当に帰ってくれ。せっかくの高級シャツがゲロまみれになっちまったけどな」

「て、てめえら！」

身を起こした木下に、桃園が赤黒い物体の入った証拠品袋を投げつけた。悲鳴を上げた木下の足下に、それはボトリと落ちた。

「これ以上、ゴチャゴチャ言うと、逮捕しちゃうわよ」

「てめえら、覚えとけ。地域課特別室だな。忘れねえぞ」

「あんたは覚えてても、こっちは忘れちゃうわ」

柿崎を先頭に、水家の立つ場所まで早足で戻る。

水家は不安げな面持ちでこちらを見た。柿崎は敬礼をする。

「ご苦労さまです。木下さんを丁重にお見送りして下さい」

「ゲロまみれだけどな。ま、詫《わ》びの印に今度奢《おご》るよ」

栗柄が豪快に笑いながら、水家の肩を叩いた。桃園がウインクをして水家の耳元にささやく。

「私も付き合うから」

頬を染めた水家はにやつきながら、首をたてに振った。交渉成立らしい。

「さて、ボス。睨んだ通り、三叉の自殺には疑問あり。田所と併せての二重殺人の可能性大ですなぁ」

栗柄の言葉にうなずきながら、柿崎はこれからのことを考える。

「狙《ねら》い通りにいくのであれば、我々が本部に戻ったころ、お客様がありそうですね」

「ボス、今日は冴えてますな」

「今日もです」

十

プレハブの「本部」に戻り、書類の片付けをしていると、荒々しい車のブレーキ音が聞こえてきた。

栗柄はデスクで競馬新聞を読み、桃園はソファで携帯をいじっていた。二人とも気づいているはずなのに、動こうとはしない。

柿崎は仕方なく、出入口のところまで出向いた。

駐車スペースに黒い覆面パトカーが斜めに駐められていた。

灰色の背広を着てメガネをかけた、神経質そうな細面の男が、不機嫌な顔つきでこちらにやって来る。男の後ろには、土佐と彼の部下が一人、用心棒よろしく付き従っている。

柿崎は自ら扉を開け、男たちの前に立った。

「よくいらっしゃいました、門前《かどまえ》刑事課長」

門前は仏頂面のまま、柿崎を睨む。背丈はちょうど同じくらい。地味で目立ちはしないが、品質だけは最高級というスーツ、銀縁で流行とは無縁のデザインではあるが値段は最上級というメガネ、様々な点で、門前は柿崎と共通点が多かった。

もっとも今の柿崎は樹海で鍛えられ体格が変わっている。赴任時に持っていた服はすべて合わなくなり、結局、スーツは量販品を、普段着は駅前スーパーのセール品を購入し、着回している。メガネも赴任初日に壊れたため、国道沿いのチェーン店で一番頑丈なフレームのものを購入した。

柿崎はいま、かつての自分を見ているのだった。

「わざわざ来ていただかなくても、お呼びいただければ……」

「君らのようなものを、署に入れるわけにはいかん」

声は若いが、言葉使いはいやに年寄り臭かった。

「どうぞ、中へ」

柿崎が脇にどくと、肩をそびやかしつつ中へ入っていく。後に続く土佐が何とも切なげな視線を送ってきた。

柿崎は同情の意を示しつつ、ゆっくりと扉を閉める。中では、栗柄と桃園が並び、門前と対峙《たいじ》していた。到底、友好的とは言いがたい雰囲気だ。

柿崎は慌てて、彼らの間に割りこんだ。

「ええっと、刑事課長がお見えなんだから、まずはご挨拶《あいさつ》をするべきでしょう」

「ボス、ここは小学校じゃないんですぜ」

栗柄のダミ声に、門前の顔が蒼白《そうはく》となる。

『怒ると顔が赤くなる人間ばかりではないんですなぁ。白くなるヤツもいる。こいつが要注意』

かつて明日野がそんなことを言っていた。

柿崎は桃園に言う。

「とりあえず、お茶をいれてきてくれるかな」

「どうして私が？　まさか、女だからですか？」

「ええっと……そのぅ……」

「茶などいらん」

その場を救ったのは門前だった。柿崎はホッとして彼に向き直る。

「申し訳ありません。当部署は人員が一人減ったばかりで、いろいろと手が回らず……」

「樹海の雑用係に、三人は多すぎるんじゃないか？」

ずいぶん無礼な言い方だとは思ったが、まあ、当たっていなくもない。

「雑用にも書類はついてきます。処理にはそれなりの時間がかかるもので。とりあえず、あちらにお座り下さい」

応接セットのソファを示したが、門前は突っ立ったまま、動こうとはしなかった。

「ここで構わん。今日は君に言っておきたいことがあってな」

「おききします」

「田所の事件から即刻、手を引け」

「田所と言いますと、あの甲府の？」

「ほかに何がある。あの事件は我々が捜査をし、三叉が犯人と断定した。被疑者死亡で送検の予定だ。それを聞くところによれば、おまえら三人があれこれと嗅《か》ぎ回り、関係者の聴取まで行っているというじゃないか。いったいこれは、どういうことなんだ？」

よく響く声がプレハブ内部に反響して、思わず耳を塞ぎたくなった。むろん、そんな失礼なことはできない。桃園は堂々と耳に人差し指をつっこんでいたが。

「刑事課長、我々は樹海で発見された三叉の事案を捜査しておりまして……」

「あれは自殺だ！」

「それが自殺ではないという疑いが出てきました。三叉の所持品であるデイパックが消えていることも……」

「そんなものは初めからなかったのだ」

「しかし、土産物店店主の証言があります」

「君は、土産物屋の言うことを真に受けるのかね」

「無論です。主人の田中氏、店員の当麻氏はベテランです。彼らの証言は信用できます」

「話にならん！」

「樹海内で発見された遺体の事件性は、我々が判断します。無論、捜査で刑事課の協力は仰ぎますが、我々の判断を無視することは到底、許容できません」

門前の顔は白いままだった。柿崎は続ける。

「我々は三叉氏の死が他殺と判断しました。その捜査過程で、田所氏の事件が浮かんできた。残念ながら、刑事課のだした結論とは異なる見解を我々は持っております。ですから、独自に動き、捜査を行ったまでです」

「黙れ！　何が捜査だ。こちらからすれば、ただの妨害行為だ。組織の和を乱す、反逆だ」

「刑事課長、言葉に気をつけるべきです。我々がいつ、反逆行為を行ったのですか？」

「おまえ、このままで済むと思うなよ」

「刑事課長の言葉とも思えません。警察官たるもの、平生の言葉遣いには気をつけるべきです。あなたは部下の模範たるべき人間です。このやり取りも、部下の方々が聞いておられる」

門前の斜め後ろで土佐が笑いをかみ殺している。門前は柿崎の真上にある蛍光灯を見上げながら、独り言でもつぶやくように言った。

「柿崎……噂通りのバカだ」

「言葉に気をつけた方がいいと、今も言ったばかりですよ。警察官たるもの、人をバカ呼ばわりすべきではありません。言葉はその人を表す鏡です。人をバカと言う人間は、翻って己もバカ……」

　栗柄が吹きだした。

「いやあ、ボス、今日も冴えてる」

　桃園に至っては、もはやその場にもおらず、自分のデスクで携帯を眺めていた。

　門前が怒りで歯をカチカチ言わせているところへ、土佐が耳元でそっとささやいた。

「言うべきことは言いましたし、今日はこの辺で。特別室の処遇については、あらためて県警の方へ上申するということで、いかがでしょう」

「ああ、そうしよう」

　門前が出入口へ向かおうとしたところで、柿崎はたずねた。

「どうして、捜査線上に岸島の名前があがってこないのです？」

　門前の足が止まる。

「おかしいですよね。被害者は三叉と共に、岸島を裏切ろうとしていた。しかも、指が切断され持ち去られたというのに、組関係の捜査も深くはなされていない」

「捜査の素人が何を言う。当初から三叉という重要容疑者がいた。枝葉の捜査など時間の無駄だ」

「あなたがそう判断したわけですね、課長」

門前は一瞬、言い淀《よど》んだ後、大きくうなずいた。

「当然だ」

「判りました。刑事課長みずからご足労いただき、恐縮です」

「捜査を止めるというのであれば、今回の件は目をつむる。今後は気をつけたまえ」

門前は足音荒く出て行った。土佐は皆と目を合わさず、うつむいたまま、上司の後に付き従う。

彼らの車が出て行く音を聞きながら、栗柄がつぶやいた。

「すまじきものは宮仕え」

「栗柄巡査、あなただって宮仕えの身ですよ。ただ、大人しく仕えていないだけのことです」

「さすがボス。いいこと言いますな」

「いいことを言ったつもりはありません。それよりも、門前課長の反応をどう見ますか?」

桃園が椅子を回し、こちらに顔を向けた。

「びっくりするくらい、判りやすい。大当たりってとこね」

栗柄もうなずく。

「相当な圧力がかかっているな。岸島議員様から」

「それはつまり、事件に岸島智也が絡んでいることの証左」

「絡んでいなけりゃ、圧力かける意味もないですからね。こりゃあ、ひょっとすると……」

「真犯人《ホンボシ》かもね。岸島」

柿崎は首を横に振る。

「しかし、証拠はありません。アリバイを調べたところで、口裏を合わせる輩《やから》はたくさんいるでしょう」

重苦しい沈黙が下りた。さすがの部下二人も、それに反論できるだけの材料は持ち合わせていないようだった。

「まあ、ここまでかもしれませんね。とりあえず刑事課長に釘《くぎ》を刺すことはできた。今回、我々が行った職務規程違反等についても、咎《とが》めないと言っているわけですから、このあたりで矛《ほこ》を収めるべきかもしれません」

「本気ですか、ボス」

桃園の目には軽蔑《けいべつ》の色が浮かんでいた。

「三叉は殺されたんですよ。そのうえ、やってもいない殺人の罪まで着せられている。薬を売りさばいている社会のダニみたいなヤツですが、それでも、そんな汚名を着せられたまま葬られていいはずはありません」

栗柄もうなずく。

「それがふだん、ボスの言う警察官たるものの態度ですか？」

「き、君たちの言うことは判りますが、実際、もう手の打ちようがないんです」

「いや、何かあるはずだ。一から考え直してみるべきです」

桃園も無言でうなずく。

「考え直すと言ってもですねぇ、刑事課でもそれなりに考えていたはずです。今さら、我々だけで何を……」

「我々だからですよ。我々の土俵で考えてみるんです」

桃園が長く細い足を組み替え、右手でVの字を作って見せる。

「私が気になっている点は二つです。一つ、なぜ被害者の指は切り取られたのか。二つ、三叉はなぜ樹海に来たのか」

柿崎はここまでの捜査情報を頭の中で辿った。

「指が切り取られたのは、それが反社会組織による犯行とみせかけたかったから。樹海に来たのは、我々警察に追い詰められ、やむを得なかった。私はそう考えていましたよ」

「指の件はいったんおいておくとして、三叉が逃亡先に樹海を選んだ点については、疑問が残ります。追い詰められたといっても、ほかにいくらでも逃げようはあったはずです。三叉はまだ二十代の若者です。そんな男が、追い詰められて、その行き先に樹海を選びますかね」

桃園の言うことには、一理あった。だが、それはあくまで推理でしかなく、説得力には乏しい。

「しかしね、桃園巡査……」

「それですよ、ボス」

柿崎を遮って、栗柄が言った。

「もし三叉がですね……」

「栗柄巡査、何度言えばいいんです。上司の言葉を遮っての発言は……」

「三叉はある目的を持って樹海に来た、としたらどうです?」

「え?」

「ヤツは警察に追われていた。でもそれなら、桃園が言ったようにいくらでもほかに逃げるところがある。友達の伝手《つて》なんかを辿ってね。ただし、岸島にも追われていたとしたら」

「岸島は三叉の交友関係などを把握していたと考えられますから、友人知人の所はかえって危険ですね」

「一方でホテルなどには警察の目がある。そんな切羽詰まった状況で、三叉は敢《あ》えて逃亡先に樹海を選んだ」

「話が元に戻っていますよ。追い詰められ自殺を考えたから、三叉は樹海に来た。門前刑事課長の意見を裏付けることになります」

「いやいや。追い詰められて樹海に来るのと、自らの意思で来るのとでは大きく違います」

「ですから、自殺の意思があればですね……」

「ボス、ちょっと黙っていて下さい」

「また人の話を遮る！」

「はーい、二人とも、これを見て」

桃園がコピーされた書類を持ってきた。粗い画像で印刷されていたのは、殺害された田所の右手だ——人差し指が切断された生々しいものだった。

「これがどうかしたんですか？」

「土佐巡査部長からこれを貰《もら》ったとき、気になったんですよ。よく見て下さい。残った四本の指、爪が綺麗《きれい》に切りそろえられています」

言われてみれば、その通りだった。

「しかし、それがどうかしたのかね」

「被害者の生活は、普段からかなり荒れていたようです。ここまで神経質に切りそろえるのが何となく気になったんです。実際、足の爪は伸び放題で……」

「それはどうですかねぇ。襲われる直前、たまたま切りそろえただけかもしれません」

「貰った資料に記載がなかったので、個人的にきいてみたんです。鑑識に」

「鑑識にって、個人的に尋ねて情報を教えてくれるほど、鑑識は心が広くないはずですよ」

「鑑識には知り合いがいるんです。そこのところをチョイチョイと……ね」

桃園が妖艶に微笑んだ。柿崎は咳払《せきばら》いをして、湧《わ》き起こる妄想を隅に追いやった。

「そ、それで？」

「指が切り取られていたこともあり、被害者の手に関してはかなり詳細に調べられていました。結果から言うと、指先を中心に塩素系漂白剤の成分が出たそうです」

栗柄が身を乗りだした。

「ほほう、そいつは面白いな」

柿崎には、その意味するところがよく判らない。ポカンとした表情を見かねたのか、桃園が解説してくれた。

「新聞にも出ていましたが、田所は犯人と激しく争ったと報告書にはあります。現場の室内も、調度類が倒れ、床には割れた食器類が散乱していたそうです。被害者の両手も血まみれでした。付着した血はすべて被害者自身のもので、致命傷となった頭部の傷を押さえた際に付着したたと思われていました。ただ……」

柿崎にも彼らの言わんとするところが見えてきた。

「漂白剤が付着しているのは、妙ですね。直前に掃除でもしていたというのなら、いざ知らず」

「田所宅に漂白剤はなかったそうです」

栗柄は興奮気味にうなずいた。

「つまり、何者かが持ちこんだ。そして、被害者の指先を拭いた。爪を切り、隅々まできっちりと拭き取り、最後に被害者の血をべっとりとつけた」

「どうして、そんなことを？」

柿崎はまた、置いてけぼりだ。

「血をつけたのは、そこだけ綺麗だと目立つからですよ」

「しかし、犯人は人差し指を切断し、持ち去っているのですよ。その時点でもう、目立っています」

「いいご指摘ですなぁ。たしかに、それはあります。しかし、桃園巡査には、既に答えが判ってるようですよ」

桃園は立ち上がって言った。

「ボス、もう一度、富士風穴に行きましょう」

十一

翌早朝、柿崎は栗柄、桃園と共に、富士風穴を目指していた。

「桃園巡査、息子さんは大丈夫なのですか？」

「友人に預けてきました。月に一度くらいなら、無理をきいてくれるんです」

「そうですか。しかし、であれば何もこんな早朝に……」

栗柄が言う。

「事は急いだ方がいいですからなぁ。わずかな遅れが致命傷になりかねません」

柿崎はよく判らないが、事態は切迫しているようだ。

もう何度も通いなれた道を進み、富士風穴入り口近くに出る。

ぽっかりとへこんだ巨大な窪みが、早朝の淡い光の中、黒々とした口を開けていた。

油断していると足を取られる急坂を、三人は一列になって下りる。

柿崎は言った。

「正直なところ、私にはここに来る意味がよく判りませんが、田所、三叉殺しの解決に結びつくわけですね」

「判らないことを正直に判らないと言う。ボス、さすがですなぁ」

「栗柄巡査、あなた、明日野さんの口調に似てきましたね」

「いやあ、そいつは勘弁ですなぁ。私はまだ、あそこまで老獪《ろうかい》な輩にはなりきれません」

「その資格は十分にあると思いますがね」

柿崎の嫌みも、栗柄には通じないようだ。

「ボスにそう言われると、照れますなぁ。いやしかし、ボスにももう、おおよそのところは見当がついているはずです。なあ、桃園巡査」

桃園は「ええ」と低い声でうなずいた。

柿崎は昨夜よりあれこれ考えて得た自分なりの結論を口にだしてみる。

「田所、三叉の殺しは、どちらも岸島の犯行である可能性が高い。私はそう思っています」

栗柄が手を叩く。

「さすがは、我がボス。特別室の三名、意見の一致をみましたな」

「いちいち、おだてなくてよろしい。問題はその根拠です。田所、三叉は岸島と手を切り、徳間組の構成員になろうとしていた。岸島のメンツは丸つぶれ。つまり彼には動機があった」

栗柄が言う。

「ちょっと見方を変えてみるんです。田所殺し。現場の状況を見る限り、計画性も何もあったもんじゃない。ただ押し入ってもみ合い、ぶん殴って殺してしまった。ただそれだけのことだったのかも」

「しかし、人差し指が……」

「そこです。そいつを持ち去ったのは、いったい誰なんですかね。問題の指は、今もってどこからも見つかっていません」

「私もいろいろ考えたのですが、指を持ち去る理由がどうしても判らない。たとえヤクザ者であったとしても、今どき指を持ち去るなんて考えにくい。まあ、可能性としてなくはないのが、何か犯人に繫がる重要な証拠がそこに残されていた場合ですが——」

桃園がパチンと指を鳴らした。

「ボス！　すごい」

「まったくです。ボス！　進歩しましたなぁ」

栗柄が柿崎の背を強く叩いたので、危うく坂道を転げ落ちそうになった。

「危ないじゃないですか！　ただ、そうなると漂白剤の意味が判らなくなります。漂白剤で指を拭き取ったのは、やはり証拠隠滅のためでしょう。それで済むのなら、指を持ち去る必要はない」

「おっしゃる通り」

栗柄がうなずくと同時に、三人は窪みの底、富士風穴の入り口正面へと降り立った。空気は既に冷たく、柿崎はジャンパーのチャックを閉める。

柿崎は続けた。

「ボス、こいつを見てもらえますか？」

栗柄が携帯をだし、画面を向けた。そこには、髪の長い、頬がこけた若い男の画像があった。その顔には柿崎も見覚えがある。

「岸島智也ですね」

「そう。実はある週刊誌が、岸島のことを狙っていましてね。カメラマンを雇って張りつかせているようなんですよ」

「そんなこと、どうしてあなたが知っているんです？」

「まあ、ちょっとしたコネです。この写真もそのコネを通じて流してもらいました」

栗柄は指で画面をスクロールしていく。岸島の画像が次々と現れる。大抵は、深夜の街を取り巻きたちと共に闊歩《かっぽ》しているものだ。中には、薬物取引の現場もあった。

「見せたいのは、こいつです」

そこに写っていたのも岸島であったが、他とはやや様子が違っていた。場所は住宅街の外れ、個人の診療所の前だ。二人の男に両側を挟まれ、うつむいた岸島が車に乗りこもうとしている。さらに目を引くのは、岸島の右腕に巻かれた包帯だ。

「これが撮影されたのが、田所殺害の二時間後だって言うんですから」

「二時間後ですか。田所の殺害時刻、この記者とカメラマンはどうしていたのです？　もしその時刻に、田所宅にいたことが証明されれば……」

「それがそう上手くはいかないんです。まかれちまったようでしてね」

「まかれた。つまり、岸島たちは記者に気づいていたと？」

「そういうわけではないようです。その数日前から、かなりピリピリしていて、やたらと尾行を気にしていたんだとか。気づかれないよう、距離を取っていたら、まかれたと。見つけたのは二時間後、この診療所の前だったってことです」

「それではまるで意味がありません。現場を押さえたのでない限り……」

「それがそうでもないんですよ、ボス。この包帯です」

栗柄はさらにスクロールする。新たに出てきたのは、黒人の男性とにこやかに談笑する岸島の姿だった。

「黒人は売人ですよ。それより、ヤツの右腕」

既に包帯は取れていた。だが、前腕から肘《ひじ》にかけて、爪でひっかいたような痕《あと》が三本、生々しく刻まれていた。

「これは……」

「診療所に行ったのは、こいつの治療目的だったんですよ。で、それはあきらかに人がひっかいた痕です」

そこまで材料を揃えられれば、柿崎にも理解できる。

「この傷をつけたのは、田所ですか」

「その可能性が高いです。ただの怪我《けが》であれば、何も、深夜に個人の診療所――恐らく懇意にしている医者なんでしょうな――を使う必要もない」

「田所が抵抗し、犯人の腕をひっかいたとすれば、爪の中に皮膚片などが残りますね。DNA検査を行えば……」

「それです」

「なるほど、それで漂白剤ですか。岸島とその一味は、皮膚片などの痕跡を消すため、田所の手を徹底的に洗浄したのですね。しかし……」

「なぜ人差し指は持ち去られたか」

「結局、疑問は解消されませんねぇ」

栗柄と桃園は慣れた様子でヘルメットをつけ、ヘッドランプをセットする。ポケットにはGPSなども入っているので、万が一、道に迷ったとしても、何とかなる。

風穴は前回同様、栗柄がトップ、セカンドに柿崎、ラストが桃園という順番になった。

栗柄は柿崎に合わせてか、かなりゆっくりと進んでいく。

今日は鑑識などの姿もなく、柿崎たち三人だけだ。中に入り大きな段差を下ると、もう周囲は暗闇だった。

「あっという間に、真っ暗ですねぇ。前に来たときは、鑑識の投光器がありましたから」

柿崎はつぶやいた。気温はさらに下がり、暗闇と安定しない足下への恐怖もあって、身震いを止めることができなかった。

そんな柿崎の状態を察してか、栗柄が陽気な調子で話しかけてきた。

「それでボス、答えは見つかりましたか。人差し指はなぜ持ち去られたのか」

「正直、ここは考え事には向かない場所です」

「つまり、判らんってことですな。ここで注目すべきは、三叉だと思うんです。ヤツは犯行時のアリバイがある。にもかかわらず、現場近くで目撃されている。ヤツは事件当夜、一度、現場に行っている。そう見るべきでしょうな」

「その可能性については、私も検討しましたよ。彼は死体を見つけ、慌てて逃げだした。そこを目撃された。待って下さいよ。もし、三叉が指を切り、漂白剤で……いや、それは考えにくいですね。彼に証拠隠滅をする理由がないし、まして指を持ち去る理由もない」

柿崎にとって、洞窟内は右も左も判らない迷宮だった。もう現在位置も判らない。ただ、目の前にある栗柄のライトについていくだけだ。洞窟の圧迫感が恐怖を増幅させる。こうして会話をしてくれることが、何ともありがたい。

ふいに背後から桃園の声が聞こえた。

「三叉の気持ちになって考えてみたらどうです？　彼が田所を訪ねたのは、おそらく偶然です。まさか死体になっているなんて、思いもよらなかったのでしょう」

「気持ちになってと言われてもねぇ」

柿崎は想像を働かせることが昔から苦手だ。暗記は得意なのだが、そこからの応用が利かない。学生時代、塾の講師などから何度も言われた。志望校に合格できなかったのも……いや、いまはそんなことどうでもいい。

栗柄が言った。

「桃園巡査、ボスはその手のことが苦手なんだ。そろそろ判ってやれよ」

「苦手を苦手のままにしておくと、進歩がないでしょ」

「二人とも待ちなさい。その話題は、今、この洞窟の暗闇の中でしなければならないことですか？」

「いやあ、ボスの教育は我々の使命でもありまして……」

「いいから、いまは事件の検証を進めなさい」

「では、ボスが友人を訪ねると、部屋で友人が死んでいた。ボスならどうされます？」

「警察に通報します」

「警察と折り合いが悪く、自身が第一容疑者とされる恐れがあったとしたら？」

「私は警察と折り合いが良いですし、第一容疑者になることなど、あり得ません」

「ですから、これは仮定の話でして……といっても、ボスには無理か。融通がきかず、出世街道から転げ落ちた人ですからなぁ」

「私は、転げ落ちてなどいません！」

怒鳴った拍子に足が滑り、無様に尻餅《しりもち》をついた。桃園に助け起こしてもらいつつ、柿崎は重ねて言った。

「私は転げ落ちてなどいません。まもなく、東京に戻れるはずです」

「ボス」

桃園の声は、いつもよりほんの少し温かみがあった。

「ボスには、ここでの生活が似合っていると思いますよ」

「それは私を、バカにしているのですか」

「そんなつもりはないんですけど、判ってはもらえないみたいですね」

桃園の口調は寂しげなものに変化していた。

足などに異常がないことを確認し、柿崎は先に進むよう栗柄に命じた。

「とにかく、私に三叉の気持ちなど理解できません」

「ボスの想像力のなさを甘く見ていましたよ。では、私が代わってヤツの気持ちを想像します。田所の死体を見つけ、三叉は慌てたと思います。ただ彼とて、そこそこ修羅場をくぐってきた男、素早く自分の置かれた立場を理解したでしょう」

「立場とは？」

「当事者である彼には、犯人が岸島であることが判った。しかも岸島は権力者の息子です。このままでは、間違いなく自分が犯人にされる。だから、警察にも通報できない。そんな中で、彼はちょっとした発見をする。犯人を示す動かぬ証拠ってヤツです」

前を行く栗柄が、自分のライトで前腕部を照らしだした。さすがの柿崎にも、閃《ひらめ》くものがあった。

「田所の手ですね」

「さすがボス。ようやくお判りですな。田所の手、特に爪の中などには、岸島の皮膚片が付着している。そこで三叉は、指の一本を切り取り、その場から逃げ去ったというわけです」

「手から検出された漂白剤は？」

「三叉が去った後、岸島の仲間がやって来て、証拠を隠滅したのでしょう。そこで指が一本、持ち去られていることに気づく」

「三叉はなぜ、指を持って警察に駆けこまなかったのです？」

「岸島のコネの前には、証拠なんて意味をなさない。三叉はそう考えた。実際、刑事課長の態度を見れば、ヤツの考えが的外れではなかったことが判りますな」

桃園も言った。

「指を持って警察に駆けこんでも、証拠ごと握り潰されていたでしょうね」

栗柄が続けた。

「三叉としては、証拠の指をネタに岸島を脅して牽制《けんせい》しつつ、最終的には、『きけんなけんき』に話を通し、証拠品を徳間組に預けるつもりだった。ボス、そこで一番、問題になるのは、何だと思います？」

「第一に身を隠す場所でしょうね。前にも議論しましたが、友人知人のところは確実に手が回っている。だから……」

「ブブー」

栗柄が派手な音をだす。

「違いますよ、ボス。昨今、男一人が身を隠す場所なんて、どこにでもあります。問題なのは？」

「着替え……のはずはありませんね。風呂《ふろ》、携帯の充電……」

「そんな生活感に溢れた逃亡者はいませんぜ。ボス、少し頭を傾けて考えてみて下さいよ。三叉の生命線は何です？」

「それは、例の指ですね。それがあるから、徳間組とも交渉ができる」

「三叉は行き場がない。ネットカフェやホテルに潜りこんだとしても、長居をするわけにもいかない」

柿崎は閃いた。

「指の保存ですか！」

「そう、その通り。ここまで長い道のりでしたなぁ。風穴に入って、もう大分、たちますよ。もう少し、早くお判りいただけると思っていたんですが」

会話に紛れ、風穴の奥深くに入っていくという恐怖感は大分に薄れていた。そのせいもあって、入り口からどのくらい歩いたのか、いま何時なのか、まるで判らなくなっていた。暗闇の中では腕時計一つ、簡単には確認できない。

ふっと顔に感じる気配が変わった。微かな冷気が頬をなでていく。

視界はほとんどないが、風穴最深部に入ったことが柿崎にも判った。

ふいに周囲がぼんやりと明るくなった。栗柄がザックに入れていた充電式の照明器をつけたのだ。小型だが白く強い光を発する照明器は、合計五つあった。光は帯のように闇の中を走り、宝石のような輝きを見せる氷筍を照らしだす。ぼんやりと青白く浮き上がる自然の造形は、例えようもなく美しいものだった。

「何度見ても、見事ですね……」

柿崎はつぶやいていた。職務中につぶやくべきことではなかったが、無意識の内に口をついていた。

栗柄が言う。

「ボス、この風穴、前は何に使われていたんでしたか？」

前回、風穴を歩いたとき、そんな話が出た。

「冷蔵庫でしょう。蚕の産卵時期を調整したとか……」

「その通りです。この事を三叉が知っていたとしたら、どうですかねぇ」

ようやく、柿崎の中ですべてが繋がった。樹海への逃亡、消えたデイパック、風穴の中で見つかった遺体——。

「彼はこの中に、指を？」

「瓶か何かに入れて、ここのどこかに隠したんじゃないですかね。これだけ低い気温であれば、保全できると考えて」

柿崎は慌てて周囲を見回した。白い光に照らされ、氷筍が煌《きら》めいてはいるが、洞窟全体を照らしだすには、まだまだ光が足りない。闇はそこここに広がり、隅々まで探すのは不可能だった。

栗柄が懐中電灯で、固く凍りついた氷面を照らした。

「田所を殺し、いったんは現場を離れた岸島ですが、その後、被害者の指に残った証拠に思い当たった。手下を現場にやり処理させようとしたが、指が一本、既に持ち去られていた。三叉の仕業だと悟った彼らは、現場の証拠隠滅を図りつつ、三叉の追跡を始めた」

桃園もまた、洞窟の奥まった部分に光を当てている。

「追われていることを悟っていた三叉は樹海に来て、ここに『指』を隠した。しかし、戻る途中、岸島たちに捕まってしまった。最後まで指の在処《ありか》は吐かなかったんでしょうね」

「デイパックを持ち去ったのは、その中にブツがあると踏んでのことだろうな」

「飲まされた睡眠薬が切れ、朦朧とした三叉は指の在処を示すべく、風穴に戻ろうとした。その途中、転落し頭を打って、死亡した――」

栗柄が柿崎を真正面から照らしだした。

「ボス！」

「何ですか？　眩しいでしょう」

「ボスも一緒に探してください。ここのどこかに、証拠があるはずです。三叉が命がけで俺たちに残した証拠がね」

第二話　柿崎努の推理

一

天気予報が外れ、頭上には雲一つない青空が広がっていた。

にもかかわらず、道を進む福西善次《ふくにしぜんじ》は空を見ることができない。幾重にも重なった枝葉が道の上を覆い尽くしているからだ。

既に広葉樹の葉は落ちきり、足下でパリパリと乾いた音をたてる。四方にか細い枝を伸ばしている木々の群れは、まるで福西たちに訴えかけているようだった。もっと光を、もっと水を。

年に四回の樹海探検は、福西にとって大した意味を持たなくなっている。始めたばかりのころは、樹海の禍々《まがまが》しい空気に興奮し、何百枚も写真を撮り、次の来訪を夢に見つつ、帰路についたものだった。

そんな興奮も、十年目を越えれば大分に萎《しぼ》もうというものだ。

今回で最後にしよう。福西は決めていた。今年で三十四、仕事は何とか続けていけそうだし、子供にも金がかかってくる。樹海なぞに関《かか》わっている場合でもない。

それに……

福西は思う。自分の人生は良い方に向かっている。その運気を変えたくはなかった。信心などしたことはないし、超常的なものへの興味もまったくない福西であったが、樹海だけは別だった。樹海に来ることで、何か良からぬものを背負いこんでしまうのではないか。そんな恐《おそ》れが、福西にはあった。

「どうした、ぼんやりして。危ないぞ」

前を行く友人の辻村崇史《つじむらたかし》がこちらを振り向いて言った。黙りこんだままの福西を不審に思ったのだろう。

「ああ、すまん」

辻村と福西は大学の同期である。共に探検部に属し、在学中の四年間は洞窟《どうくつ》探検やカヌーでの川下り、ルートのない山の登攀《とうはん》などに明け暮れた。

辻村はコンパスを見ながら、左右を見回す。

「そろそろのはずなんだが……」

福西たちが宿をとったのは、精進湖《しょうじこ》近くにある民宿村である。青木《あおき》ヶ原《はら》樹海から続く富士山原始林に隣接する場所に、ホテル、民宿など二十軒あまりが建つ一角があった。富士山や富士五湖の観光はもちろん、村には体育館や運動場などもあり、部活動の合宿などにも重宝されている。

福西たちの定宿は、村の西側にある「深緑荘《しんりょくそう》」だった。とりたてて食事が美味《うま》いわけではなく、部屋が綺麗《きれい》なわけでもない。値段が安いのと、原始林に続く道に一番近いこと、そして大浴場が温泉であることが宿泊の決め手となっていた。

年に三回から四回、それも十年続けての宿泊であるから、宿の面々とはすっかり顔なじみであり、いつも樹海を目の前に見ることができる西側の角部屋を用意してくれた。

車で到着したのが午後二時。一時間ほど休憩し、さっそく、最初の樹海散策にやって来たというわけだ。厳密に言えば「原始林」なのだが、福西たちは一帯すべてを「樹海」と呼んでいる。

樹海に入るための装備は、山岳用品を売る店で一式を揃《そろ》えていた。十二月のこの時期ともなると、気温は氷点下までさがる。インナーウェアを身につけ、シャツ、セーター、その上に防寒用のジャンパーをはおった。背中にはハイキング用の小さなザック。中には水のペットボトル、ヘッドランプ、笛など、必要最低限のものが入っている。昔ならいざ知らず、ここ数年は正規のルートから外れて歩くことはない。携帯用のマップとロープを手に、樹海内部に分け入ることなど、今となっては想像もできない。

民宿村付近にはかつて、上九一色《かみくいしき》と呼ばれていた場所がある。あのテロを実行した狂信的な教団が「サティアン」と呼ばれる教団施設を建設していた場所だ。

今は地名も変わり、教団の施設も撤去され、何もない平坦《へいたん》な場所だけが残されていると聞く。樹海と直接関係はないのだが、その地名の響きだけで、つい不穏なものを感じてしまうのは福西だけではあるまい。

冬の日の入りは早い。起伏のなだらかな樹海にいると、つい標高が高いことを忘れてしまう。歩く二人の影が伸びるにつれ、冷えこみも厳しくなってきた。福西は開けていたジャンパーの前を留める。

宿を出て三十分。周囲に目印のようなものは何もないが、通い慣れた道である。何となくではあるが、現在地は把握できていた。

辻村は歩く速度を落とし、また左右に目をやった。

「このあたりだと思うんだが、あいつ、道から離れた場所にテントを張りやがったんだな」

「ホントかよ」

福西は思わず、顔を顰《しか》めた。

「川北《かわきた》のヤツ、相変わらずだなぁ」

辻村も苦笑する。

「何年たっても、あいつだけは変わらない」

「しかし、これから道を外れるのは嫌だぜ。日の入りも近いし、装備も大して持ってきてないから」

「いいさ。俺《おれ》が行って捜してくる」

「一人で大丈夫か？」

「任せろ。万が一、何かあったら、笛吹くから」

一度は下ろそうとしたリュックを、福西はかつぎ直した。

「やっぱり、一緒に行くよ」

「いいから」

辻村は両手で押しとどめる。

「ここで休んでろ。昨日も仕事で遅かったんだろ？　こっちは暇してたんだから、休養もばっちりさ。行ってくる」

辻村は道を外れると、軽やかな足取りで原始林の中へと分け入っていった。

冬のことで下草の類《たぐ》いはほとんどなく、ひょろりとした幹がどこまでも密集している。

辻村の姿は、すぐにその向こうへと隠れてしまった。

彼が一人で行ってくれたことに感謝しながら、福西はリュックを下ろし、その脇《わき》に座った。

こっちは暇してたんだから、という辻村の言葉が耳に残っていた。

昨年、大手銀行を退職し、いまだ再就職ができていない。蓄えがあったのか、生活に支障は出ていないようだが、友人として大いに気にかかるところではある。

一方、この先のどこかでテントを張っている川北力男《りきお》は……。

川北もまた、大学探検部の同期である。一匹狼《おおかみ》を気取り、部内でもあまり友人を作らなかった。福西、辻村とは、どういうわけかウマが合い、三人で藪漕《やぶこ》ぎをしたり、沢登りに興じたりした。

川北はカメラマンを目指していて、卒業時も就職活動などはせず、もっぱら、写真ばかり撮っていた。今も写真一本、食うや食わずの生活を送りつつ、日本中を旅する根無し草だ。

十年という月日は、三人に対照的な道を歩ませた。彼らにとって、年に数回の樹海探検は、いったいどんな意味を持っているのだろうか。

あれこれと不満ばかりが募る日常だが、仕事と家族を持つ自分は、二人に比べ、遥《はる》かに恵まれているのだろう。

冷気に思わずジャンパーの襟を合わせた。日はさらに傾き、昼なお暗い樹海の内部は、すでに夜の気配を漂わせていた。

さっきまで見えていた樹林の内部も、暗い幕がかかったようにぼんやりとしてきている。

福西は腰を上げた。辻村はいったいどこまで行ったんだ？

ここ数年、川北は宿には泊まらず、樹海内にテントを張って夜明かしをするのが常だった。

夜の樹海を撮影するためだという。実際、彼がとった満天の星々や、木々の合間から差しこむ朝日などは、息を呑《の》むほどの美しさだった。

落ち葉を踏む乾いた音がして、木々の向こうに人影が見えた。辻村だった。

ヘッドランプを首から提げ、小走りにやって来る。

「すまん、遅くなった」

「どこまで行ってたんだ？」

「すぐそこさ。溶岩の隆起で盛り上がっているところがあるだろう。その向こうにテントを張っている」

「そうなのか。話し声も聞こえなかったから、もっと奥なのかと思っていた」

テントのある方角を見つめる辻村の表情には、隠しきれない陰りが見えた。

「どうした？」

「川北だよ。ちょっと参ってるみたいだな」

「仕事か？」

「いろいろさ。まあ、俺も似たりよったりなんだけどさ」

「なら、川北も宿に呼んでやろうぜ。三人で飲み明かそうぜ」

「俺もそう言ったんだが、今夜はテントに泊まるってさ」

「樹海ツアーも今年で最後だっていうのに？」

「仕方ないさ。明日は一日、ゆっくり散策しよう」

「そうだな」

福西は辻村と肩を並べ、宿の方へと歩きだした。

ふと上を見ると、空はいつのまにか、分厚い雲に覆われていた。


翌朝、窓の外を見て福西は言葉を失った。

「おい、見ろよ」

横でまだ眠りこけている辻村を揺する。昨夜は結局、二人して遅くまで飲んだ。たわいもない事で笑い、気づけば酒が進んでいた。

酒の名残は微《かす》かな頭痛となって、福西をいたぶる。

「おい、起きろ」

大きな声をだすと、辻村はパチリと目を開いた。がばと跳ね起きた辻村もまた、窓の外を見てポカンと口を開ける。

「何だ、こりゃ」

深い緑が見渡せる窓の向こうが、白く染まっていた。樹海に雪が降っている。

「昨日はそんな気配もなかったのに」

「夜半に雨が降るって予報はあったけどな」

二人して言い合いながら、十年にして初めて見る光景から、目を離せなくなっていた。

富士の麓《ふもと》に位置する樹海であるから、降雪は珍しいことではない。ただ、頻繁に積もるわけではないと聞いていた。事実、樹海の雪景色を見るのは初めてだ。

「すごいものだな」

福西の言葉に返事はない。辻村も圧倒されているようだ。

時計は午前九時を指していた。ずいぶんと寝坊をしてしまった。宿の者も、気を利かせて起こさなかったとみえる。

雪は小やみになってきていて、空を覆う雲も徐々に薄くなっていた。

天気予報が外れ、これだけの大雪になるとは。交通機関はどうなっているのだろう。今日中に、東京に帰れるのかな。

そんな不安が過《よぎ》った矢先、川北の事に思い至った。

「おい、川北は？」

辻村に言うと、彼もまたはっとした表情になった。

この雪の中、川北はテント一つで樹海の中にいる。

「テントが潰《つぶ》れるほどではないが、身動きできなくなっているかもな」

「ああ」とうなずいた辻村は、樹海の方向を一瞥《いちべつ》すると、立ち上がった。

「様子を見に行こう」

「そうだな」

福西は着ていた浴衣《ゆかた》を脱ぐと、押し入れの前にたたんでおいた、樹海散策用のウェアを身につける。セーターにジャンパーとフル装備だ。

起き抜けに感じていた空腹は、どこかに飛んでしまった。

ザックにＧＰＳなどを入れ、階段を駆け下りる。たまたま玄関にいた女将《おかみ》が目を丸くした。

「あれ、お出かけですか？　外はまだ……」

「川北のヤツが、樹海でテントを張っているんです」

そのことは知らなかった様子で、女将は目を丸くした。

「あれあれ。この雪なのに」

「雪で動けなくなっているかもしれない。これから行って見てきます」

「そうですか。それはお気をつけて。何だったら、うちの若い者をつけましょうか？」

「いや、大丈夫です」

辻村が笑顔で断った。樹海歴十年。そこはプライドというヤツだろう。

外へ出てみると、気温は低いが、積雪は思っていたほどではない。せいぜい十センチくらいか。それでも、普段、雪に慣れていない福西の目には、樹海全体がすっぽりと雪に包まれ埋もれていくように見える。

葉を残した木々にこんもりと雪が積もり、ふだんはコケに覆われた地面や灰色の倒木なども、一面、白一色で染められている。

宿から樹海に通じる道も、いまだ足跡一つない。車の往来もないため、周囲はしんと静まりかえっていた。

キユッキユッと雪を踏む二人の足音だけが響く。頭上を覆う枝は雪の重みでたわんでいるが、まだ固く凍りついているのか、雪が落ちてくる気配はない。

福西は辻村の前に立ち、うっすらと痕跡《こんせき》の残る散策道を慎重に辿《たど》っていく。

民宿村付近には、いくつかの散策道が点在している。どれも地図に載っているようなものではなく、どちらかというと、獣道に近い。村から国道一三九号線を東に少し行ったところには、よく知られた遊歩道がある。富士山原始林から青木ヶ原樹海を横切り、国道七一号線にまで達する道で、間には宗教施設や樹海の植生を調べるために作られた鉄骨組みの建物などがある。樹海の探検マニアや物好きたちがこぞって向かう場所だ。

一方で、福西たちが辿るのは、全長、せいぜい二キロ足らず。原始林の植生と生態を楽しむための観光用小道だ。

十年前から、福西たちはいつもこの道を辿り、時には道から外れ原始林に踏みこんで、ちょっとした冒険の真似事《まねごと》などを楽しんできた。

そうして何度も通ってきた道ではあるが、いま、雪のせいですっかり印象が変わっている。慎重に進まないと、道の痕跡すら見失ってしまいそうだった。

「川北のテント、どの辺だったかな」

「さて……」

辻村も確信が持てないようだ。行き過ぎたかと思って戻り、まだ先かと言って少し進む。そんな要領を得ない事を繰り返しつつ、ようやくそれらしい場所を見つけた。

「この木と木の間を抜けた先だ。間違いない」

辻村が言った。彼は昨日、テントの場所まで川北を訪ねている。福西より記憶は確かなはずだ。

さすがに今回は一人で行かせるわけにはいかない。辻村に先頭を代わると、福西は散策道に張りだしている枝の一本に、用意しておいたピンク色の布を巻きつけた。道が判《わか》らなくなったときのための目印だ。

辻村は足下を確認しながら、慎重に進んでいく。積もった雪の下には、何があるのか判らない。はまりこむような穴はないにしても、根っこの張りだしなどで足を捻《ひね》る恐れは十分にあった。

倒木を一つ越えた先、幹と幹の間に無理矢理押しこむようにして、雪をかぶったテントがあった。単独者用の小さなもので、テント本体や雨よけのフライシートを固定するための張り綱は、地面に金具で打ちこむのではなく、直接、周囲の木々に結わえつけてあった。テント周りの雪に乱れはない。川北はまだ一歩も外に出ていないようだった。

「おい、川北」

辻村が少し離れたところから声をかけた。

返事はない。テント内で人が動く気配もなかった。

「一人酒で寝坊か？　起きろよ。外はすごいことになってるぞ」

辻村が苦笑しながらテントに近づく。手でフライシートを軽く叩《たた》き、積もった雪を払い落とす。

「おい……」

フライのチャックを開いた。テントを覆っていたフライが縦に割れ、テント本体が露《あら》わになる。

「川北、入るぞ。いいか？」

テントの入り口をのぞきこんだ辻村の動きが、はたと止まった。離れたところにいた福西にも判るほどに、不自然な動きだった。

「どうした？」

辻村は静まりかえったテントを見つめたまま、動かない。

福西は傍《そば》の枝に布を巻きつけると、辻村に近づく。

「川北は、まだ寝てるのか？」

彼の肩越しにのぞいたテント本体を見て、福西もまた身を固くした。

「な……」

テントの地は鮮やかなブルーだったが、そこに何やら黒いものがべっとりとついている。

「何だ、あれは？」

辻村も首を傾《かし》げるばかりだ。

「おい、川北、開けるぞ」

テントのチャックを思いきって開く。

「うわっ」

冷え切ったテントの中は、血まみれだった。床はもちろん、天井部分にまで血が飛び散り、不気味な文様を描きながら固まっている。

そして川北が、テントの中央で死んでいた。喉《のど》が血でどす黒く染まり、その脇にはナイフが転がっている。見開いたままの目は白濁し、肌は青白く変色していた。

立ち尽くす辻村の脇にしゃがみこみ、福西は吐いた。

二

いつも通りの時間に、立てつけの悪いプレハブのドアを開け、柿崎努《かきざきつとむ》は自分のデスクについた。室内は冷え切っており、コートを脱ぐ気にはなれない。オンボロのエアコン一台では、この寒さはどうにもならない。このエアコンは夏に暖気を、冬に冷気をだすという、なかなかの代物なのだ。

石油ストーブは昨日、燃料が切れた。

まさかそのタイミングでこのような大雪になろうとは。

桃園《ももぞの》巡査からは、携帯に連絡を貰《もら》っていた。雪で保育園が休みになったため、一日、有休とさせて欲しい――。有休は正当な権利だ。

栗柄《くりから》巡査は、昨日から二日間の定期健診。この三年、一度も健診を受けていないとのことであったので、早急に受けるよう厳命した。警察官は体が資本だ。日々のメンテナンスをおろそかにしてはならない。

そんなこんなで、今日一日、この特別室を預かるのは、柿崎一人である。

若干の不安もないではないが、この雪だ。樹海に入りこみ、死体を見つけてしまう猛者《もさ》など、いないだろう。

それにしても、寒い。足の先からしんしんと冷気が這《は》い上がってくる。

せめてカイロだけでも買ってくるべきだったか。

ガランとした空間で、一人くしゃみを繰り返しているところに、電話が鳴った。赤いランプがついている。上吉田《かみよしだ》警察署の地域課からの直通電話だ。

受話器に手を伸ばしつつ、柿崎の心は沈んだ。

「はい、地域課特別室」

「こちら、上吉田警察署地域課の万剛《まんごう》です。実はちょっとややこしいことになりまして」

「万剛巡査、ややこしいとはどういう状況なのでしょうか。報告は迅速かつ正確、そして具体的にお願いします」

「ああ、これはどうも、柿崎警部補。ええっと、まずは栗柄巡査か桃園巡査に代わっていただけませんか」

「二人は休暇中です」

「げっ」

「げっとはどういう意味ですか。今も言ったように、報告は……」

「ええっと、では本日の勤務は柿崎警部補、お一人ですか」

「部下二人が休暇なのですから、そうなります。特別室は現在、三人体制ですから」

「ええっと、どうしようかな」

「万剛巡査、ええっとなる口癖は警察官としてふさわしくありません。改めなさい」

「ええっと、どうしようかな」

「上司からの指導に対し、どうしようかなとは何事ですか」

「ええっと、そうじゃなくて、警部補一人ってのは、ちょっと困ったなぁ」

「何が困るのです？　そもそもあなた、何の用件で電話をしてきたのです」

「ええっと……」

「ええっとは止めなさい」

「はぁ。こいつは困ったなぁ。樹海で遺体が見つかったそうなんですよ」

胃の下あたりがきゅっと縮こまる感覚があった。遺体？　この雪の日に？　部下が誰《だれ》もいないこの時に？

「ええっと……それは困りましたね」

「でしょう？　よりにもよって警部補しかいないときに……」

「ですが、事件というのは時を選ばないものです。通報が来れば、全力を尽くして事に当たる。それが警察官です」

「まあ、建前はそうなんですけどねぇ……」

「私が行きましょう」

「は？」

「聞こえなかったのですか？　私が参ります」

「私って、柿崎警部補がですか？」

「あなたは誰と電話で話しているのですか？　私以外に誰がいるのです？」

「警部補以外にいないから、困っているんです」

「では、私が行くしかないでしょう」

「会話の意味がよく判らなくなってきましたよ。まあ、でもしょうがないですね。無視するわけにもいかないですし。警部補、お願いします」

「初めからそう言えば良いのです。時間を大分、無駄にしましたよ。それで、場所はどこです？」

「鳴沢《なるさわ》村からの散策道を三十分ほど入ったところです」

「判りました。すぐに向かいます」

「お車は大丈夫ですか？」

「大丈夫とは？」

「道も積雪しております。ノーマルタイヤでは危険です」

「タイヤ交換くらい簡単にできますよ」

「了解。では現場で合流いたします」

電話を切る。まったく、要領を得ないことだ。警察官がこんなことで良いのだろうか。

さっそく樹海用の衣服に着替え、装備をつける。万剛にはああ言ったものの、雪の日の出動など無論、初めてだ。追加で必要なものがあるかもしれないが、皆目、判らない。

とにかく、いつもより暖かくしていけば良いと考え、インナーを二枚重ね、靴下も二枚はいた。

装備が整ったから、次は車だ。幸い雪は止《や》み、空は薄曇りといった状態だ。

プレハブ前に駐《と》めた車に近づき、タイヤ交換の手順を思い起こす。

だが、そもそもタイヤ交換などしたことはない。トランクにジャッキがあるので、それで持ち上げて……。いやいや、パンクのタイヤ交換ではない。スノータイヤに替えるのであれば、四輪すべてをやる必要がある。

スノータイヤはどこにあるのだろう。

何一つ、はっきりとしない。

ため息をついた柿崎は、携帯を取りだすと、タクシーを呼ぶアプリを起動させた。


「警部補、ずいぶんと時間がかかりましたねぇ」

嫌みっぽく言ったのは、万剛と共に現場に臨場していた水家《すいか》である。走り去るタクシーを横目で見ながら、さらに嫌みっぽく言葉を重ねた。

「運転が難しいようなら、最初から言ってくだされればよかったのに。こちらで車両の手配くらいしましたよ」

万剛からの通報を受けてから、既に一時間が経過していた。柿崎は何とか言い返そうとするが、言葉が出ない。すべて水家が正しいからだ。

タクシーを呼ぼうとしたが、車はすべて出払っていて、迎車には三十分かかると言う。警察の用件だと伝えたが、まったく相手にされない。

上吉田署に連絡することも考えたが、万剛に啖呵《たんか》をきった手前、何とも面目が立たない。結局、プレハブ前でぼんやりとタクシーを待ち、やってきた初老の運転手が雪道で車のコントロールを失うのに恐怖し、途中で車を降り雪道を歩くことに決め、三十分ほど懸命に歩いた結果、汗だくとなり、二枚重ねのインナーを恨めしく思いながら、ようようたどり着いた現場では、あきれ顔の署員たちに出迎えられ、汗で冷たくなったインナーを着替える暇も与えられず、雪化粧をした樹海へと足を踏み入れることになった——というわけだ。

先に立つのは万剛で、間に柿崎、後ろを水家が固める。散策道は行き交う警察関係者によってすっかり踏み荒らされ、溶け出た雪によってあちこちに水たまりができている。

パンツには防水スプレーをたっぷり吹きかけてきたものの、飛び散ったしぶきが裾《すそ》にかかり、ソックスにはじわじわと染みてきた。

万剛も水家も、ただ無言で歩き続ける。こうした時間を情報提供に充《あ》てれば、無駄が少なくて済む。

「遺体の身元は判ったのですか？」

仕方なく、柿崎の方からきいた。万剛が前を向いたまま答えた。

「ええ、一応」

「一応とはどういう意味ですか？　情報は素早く正確に……」

「実はまだ、事件性があるかどうか、はっきりしないのです」

「それは、自殺なのか他殺なのか判断がつかないということですか？」

「まあ」

「要領を得ませんね。報告は素早く正確に……」

背後から水家の声が響く。

「事件性ありとなった場合、捜査は刑事課に一任されます。自殺となった場合は、特別室扱いとなって警部補に処理をお願いすることになります」

「事件性ありとなった場合、私は無駄足になるわけですが、どうして、判断がつく前に私を呼びだしたのですか？」

「それだけ判断が難しい事案なんです。とにかく、現場を見せるまで余計な情報は与えるなという土佐《とさ》巡査部長からの命令で」

「土佐巡査部長？　彼はもう現場に？」

「はい。一時間以上、前に到着されています」

「それは聞き捨てなりません。連絡は刑事課と地域課特別室、同時にすべきでしょう」

「同時に行いましたが、警部補の到着が一時間以上、遅かったので……」

柿崎は口を閉じることにした。

無言の道行きがさらに十五分ほど続き、ようやっと現場が見えてきた。

散策道から外れ、原始林に分け入った所らしい。分け入る地点には、上吉田署地域課の梨本《なしもと》と尾和元《びわもと》が立っていた。柿崎の姿を見て、気怠《けだる》そうに敬礼をする。

柿崎はカミソリのような敬礼を返し言った。

「敬礼は警察官の礼節を映す鏡です。もっとしっかりおやりなさい」

「申し訳ありません。お言葉ですが警部補、ならばもう少し早く臨場していただきたいものです」

柿崎は口を閉じたまま、原始林へと入った。遺体発見現場までは、鑑識課員たちによってしっかりと踏み跡がつけられている。

雲の隙間《すきま》から薄日がさすようになり、枝の上の雪が地面に落ち始めていた。こんなことなら、ウェアは一枚にするべきだった。額を汗で湿らせつつ、柿崎は足下を見ながら進む。溶岩の隆起を一つ乗り越えたところで、青いテントが目に入った。

鑑識は大方引き上げたようで、テントの周りにいるのは、数人だ。その一人、ひときわ体格が良く、目つきの鋭い男、土佐がこちらを向いた。

「お待ちしていましたよ」

「遅くなりました。申し訳ありません」

「さほど頻繁ではありませんが、こちらは降雪があります。運転を練習された方が良いかと」

「今日はたまたま部下が出払っていたものですから。ですが、ご忠告感謝します」

「タイヤ交換の練習もお忘れなく」

警察というところは、どうしてこうも情報の伝播《でんぱ》が迅速なのだろうか。

「それで、遺体は?」

「さきほど搬送しましたが、とりあえず、テント内をご覧ください」

土佐が脇にどいたので、テント内をのぞくことができた。テントの中は、どす黒い液体でまだらになっていた。床の部分にはいまだ固まりきらないくらいの血液が残り、テント側面には天井からしたたった血が不気味な縦模様を描いている。遺体を搬送するさい、わずかに飛び散ったのだろう、周囲の雪面にも点々と赤い跡が残っていた。

「これは、酷《ひど》い」

見れば、テントを挟んだ対面にある木の根元には嘔吐《おうと》の跡もあった。

柿崎は土佐に尋ねた。

「事件性の有無を判断できていないそうですね」

土佐は腕組みをしたまま、険しい表情で言う。

「ええ。特別室の意見を聞いてからと思っていたのですがね。まさか、二人が休みとは……」

「二人が休みだからどうだと言うのです? 特別室は三人体制です。ですから、私がこうやって参った次第です。遺体発見時の概要などを聞かせて下さい」

「いや……そのぅ」

土佐は鼻の頭をかいた。

「何ですか? 私に聞かれては困る内容ですか?」

「いえ、我々の方で困ることは何もありません。ただ、困るのは警部補なのではないかと」

「どうして、私が困るのです？」

「それを、私の口から言えと？」

「人をわざわざ呼んでおいて、自分の口からは言えないとは。あなたの常識を疑います」

土佐はなぜか、悲しげに笑った。

「先日、『下《くだ》り坂《ざか》』で明日野《あけびの》さんと飲んだんですがね、彼が言ってました。あなたはすごいと」

「明日野さんは尊敬できる人物です。その人に誉《ほ》められるとは、光栄ですね」

「ええ。ただ、正直申しまして、私は半信半疑であったのです。でも、今日、この瞬間を以《もっ》て考えを改めます。あなたはすごいです」

柿崎はあらためて土佐の顔を見た。

「判りませんね。なぜそのようなことを、現場において、わざわざ申し伝えるのです？」

「いや、本当に、すごい。それだけは伝えておきたかったのですよ」

現役の刑事課巡査部長から誉められて、悪い気分はしない。

「お褒《ほ》めの言葉はありがたく頂戴《ちょうだい》します。では、現場の状況を説明して下さい」

土佐はどこか吹っ切れたような表情で話し始めた。

「被害者は川北力男、三十四歳です。昨日から、友人と樹海を訪れ、ここにテントを張っていました」

「友人はここにはいなかったのですか」

「別に宿を取っていました。民宿村の深緑荘です」

民宿村にあるホテル、民宿の関係者とは、一通り挨拶《あいさつ》を交わしている。

民宿村から原始林に入る自殺志願者はさほど多くないと見られているが、逆に、遺体発見を目的に来る物好きたちは、村の民宿などを利用する。必然的に、遺体発見の報告が多くなり、柿崎たちが臨場する回数も頻繁になる。

土佐は自分のタブレット端末に目を落としながら続けた。

「友人二名は深緑荘で事情をきいています」

「死因は……切り傷か何かですか」

「ナイフです。喉元に刺し傷がありました」

「凶器は?」

「テント内に残されていました」

「刺し傷の位置などからみて、自殺とは考え難いですね。刃物による自殺は、ないとは言いませんが、ここでは珍しいかもしれません。多くが縊死《いし》か毒死――」

土佐がため息をついた。

「我々も他殺の線が濃いと思いました。ですが、発見者の話を聞くとですね、どうもそうではないようなんです」

「というと？」

「テントの周りに、足跡がなかったんです」

「そんなことは何でもありません。積雪前に殺し、逃げたのでしょう。昨夜の降雪開始は午後八時ごろでしたね」

「ええ。ものすごい降りで、あっという間に積もりました」

「死亡推定時刻は？」

「外気温が低かったこともあり、絞りこみが困難なようで、かなり幅があります。午後三時から十時前後」

「ならば問題はありませんよ。雪が降る前に、被害者は刺された」

「それがですね、午後八時少し前に、被害者が目撃されているのです」

「目撃って、ここは樹海ですよ。その時刻となれば真っ暗でしょう。もしかして、友人の二人が……」

「いえ違います。二人は夕方宿に引き上げ、以後、外には出ていません」

「では、誰が？」

「樹海を散策する会のメンバーが」

柿崎は顔を顰める。警察官たるもの、一般市民に対し好悪の感情を見せるのはよくないのだが、最近はさすがに抑えることができない。

「また、遺体を探して樹海に入りこむグループですか」

「いえ、聴取したところ、ただ自然を楽しむだけの集まりのようです。ネットの掲示板でメンバーを募り、やって来たようです。会の名前は『樹会《じゅかい》』っていうらしいんですが」

「ややこしいですね。で、樹会のメンバーが、被害者を見たと？」

「ええ。降雪が始まる少し前、テントから出て、こちらをのぞいていたと言います。彼らは携帯の電源を切り、時計などを外して樹海に入っていたのですが、雪が降り始めた時間から見て、八時少し前という線は動かないと思われます。メンバー各自の証言も一致していますから、信用するに足る情報だと思います」

「雪が降り始めるまで、被害者は生きていた……」

土佐が肩を落とし、血まみれのテントを見下ろした。

「雪の降りはものすごかった。つまり、痕跡を残さず、テントに出入りすることは不可能ってことです」

「降雪が始まった直後に殺人者がやって来たとしたら、足跡などは降雪によって消されるのではないですか？」

「足跡についてはそうです。ただ、問題は血痕です。テント内はあれだけの血です。犯人がいたとすれば、当然、大量の返り血を浴びているはずです」

「なるほど」

白く変貌《へんぼう》した樹海を、柿崎は見渡した。

「雪を赤く染めることなく、逃走するのは不可能というわけですか」

「ええ。付近をざっと調べましたが、それらしいものは、何一つ発見できませんでした」

柿崎は、与えられた情報を頭の中で吟味する。

何も思い浮かばなかった。土佐が自分の言葉を待っているのは雰囲気で判る。こういう時、警察官たるもの正直であるべきだ。柿崎は言った。

「私にはよく判りません」

「は？」

「極めて不可解な状況ですね。私には判りません」

「いや、判りませんと言われましても……」

「自殺か他殺か決めるには、情報不足ということです。もう少し捜査が必要ですね」

「柿崎警部補、ご自分が何を言っているのか、お判りですか？」

「被害者の身辺をもう少し洗いましょう。自殺の動機はあるのか。あるいは、殺害されるに足る動機を持たれていたのか」

「捜査と言われても……その……」

「被害者の友人が深緑荘にいるのでしょう？　では、話をきこうではありませんか。土佐巡査部長も一緒に来なさい」

「バカなこと……いえ、その……私は現場の指揮をですね……」

柿崎は、散策道のところで、水家たちと話す六道《ろくどう》を見つけた。

「六道巡査」

柿崎は彼らに近づいていく。六道の肩がピクリと震え、談笑していた顔つきが厳めしいものに変わった。人が亡くなった現場で談笑しくつろぐなど、もってのほかだ。六道が警察官にふさわしい顔つきとなり、柿崎は満足だった。

「六道巡査、土佐巡査部長に代わり、現場の指揮を執りなさい」

六道はなぜか目を白黒させている。

「は？　いま、何とおっしゃいましたか？」

「私はいま、はっきりと命令を伝えたはずですよ。それを聞き取れないとは、注意力散漫ですね」

水家と万剛が、そそくさとその場を離れていく。柿崎の態度を見て、持ち場に戻るのだろう。土佐巡査部長は有能だが、規律の遵守に欠けるきらいがある。自分のように、警察官のあるべき姿で職務に当たらせることは、彼らの将来のためにもなるはずだ。

「六道巡査、判りましたね」

「わ、わかり……ましたねだと？」

六道は真っ赤になって、土佐を見ている。

土佐が咳払《せきばら》いをして言った。

「六道、とりあえず、鑑識作業が完全に終わるまで、テントの保全につとめてくれ。それからの対応はおまえに任せる」

「しかし……」

「言いたいことは判る。後で聞くから、ここは言う通りにしてくれ」

部下に対して、何と及び腰な。もっと厳しく対処すべきだと言いたかったが、刑事課には刑事課のやり方もあろう。柿崎は口をつぐみ、土佐を待った。

土佐はぶすっと口を固く結んだまま、柿崎の前を、鳴沢村方向へと歩き始めた。

宿に着くまで三十分近く。時間を無駄にはできない。柿崎は早足で行く土佐に追いつき、肩を並べた。

「宿にいる友人二人は、被害者とどんな関係なのです?」

土佐は白い息を吐きながら、まっすぐ前を見て歩き続ける。柿崎はさらに言った。

「質問に答えて下さい、土佐巡査部長」

土佐はなおも前を向いたまま、低い声で言った。

「それは、上司としての命令ですか、警部補殿」

「そこまでの拘束力を持たせたつもりはありませんが、同じ現場を預かる警察官として、協力してもらいたいものです」

土佐は苦々しげに笑った。

「栗柄の言っていた通りだ。バカを通り越したら強い……か」

「バカという言葉が聞こえましたが?」

「いえ、言葉通りの意味ではありません。誉めているんです」

「なら、よろしい」

土佐はまた笑う。

「今は笑うような状況ですか？」

「いえ……」

土佐は笑いを引っこめ、真剣な顔つきになった。だがそれは、膨らむ風船を無理矢理、小さな袋に押しこんだような印象だった。

「ええっとですね……」

水たまりを軽やかに避《よ》けながら、土佐は語り始めた。

「大学時代の友人、探検部だったそうで、卒業後も三人で年に数回、樹海巡りをしていたそうです」

「二人は宿で、被害者だけテントに泊まったと」

「ええ。いつもそうしていたと聞いています」

「被害者の職業は？」

「カメラマン……と言っても自称です。かつては個展を開いたり、有名どころの弟子についたりしていたようですが、最近はいわゆるパパラッチ紛《まが》いのことをして、小銭を稼いでいたようですね。その辺りのことは、いま、徹底的に洗わせているので、まもなく詳細が判るかと」

「友人二人は？」

「一人は福西善次。東京の菓子メーカー勤務です。既婚で子供は一人。もう一人は辻村崇史。こちらは銀行勤務でしたが、昨年、退職。現在は無職のようです。元は東京住まいでしたが、いまは実家のある群馬に戻っています」

「スタートラインは同じでも、その後は残酷なまでに差がついてしまう。人生とは、何とも残酷なものですねぇ」

「警部補殿が人生の何たるかを語るとは、少々、驚きました」

土佐が言う。

「私が人生を語るのは変ですか？」

「失礼ながら、さほどの経験がおありとは思えなかったもので」

「はっきりと言いますね」

「はっきり言いませんと、理解していただけないもので」

今度は柿崎が口をつぐむ番だった。人生云々《うんぬん》は、以前に読んだ赤坂《あかさか》警察署署長の随想からそのまま引用しただけだ。警察官となって出世することのみを目標としてきた柿崎にとって、人々の生き様などどうでもよいことだった。興味を持ったこともない。

ただ、自身がなぜ警察官となり、なぜ出世したいのか、最近、よく判らなくなってきている。自分はいったい何のために生きているのか、これからいったい、何をしようとしているのか。

霞《かすみ》ケ関《せき》にいたころは、そのようなこと、考えたこともなかった。

すべてはここ、樹海のせいだ。迷いは、特別室に左遷されてきてから生まれた。

「早く戻りたいですか?」

こちらの心内を見透かしたように、土佐が鋭い視線を投げてきた。さすが、日々、犯罪者と渡り合ってきただけのことはある洞察と眼力だった。

言葉に詰まった。自分はどうしたいのだろう。ここでも迷いが先に立つ。

逡巡《しゅんじゅん》しているうちに、土佐の表情が緩み、笑った。

「まあ、ここでゆっくりしていけばいいんじゃないですか」

「心にもないことを」

「あなたはよくやっていると思いますよ。あの厄介な部下二人も、見事に使いこなしている」

林を抜け、目の前に民宿村の建物が迫ってきた。一番手前にあるコンクリートの建物が「深緑荘」だ。玄関の前では、女将の女性が不安げにこちらを見つめていた。その横には、万剛と水家の姿もある。

土佐は二人に敬礼をし、中に入っていく。柿崎も同じように敬礼をしたが、軽い会釈が返ってきただけだった。礼儀についてしっかりと教育すべきだったが、今は捜査が優先だ。柿崎はさらに女将にも頭を下げる。遺体の搬送等で、何度か顔を合わせたことがあった。しかし、先方はこちらの顔をまったく覚えていないようだった。土佐がいなくなった途端、不機嫌そうな顔つきになり、「やれやれ」と腰に手を当て、さっさとサンダルを脱ぎ捨てると、廊下の奥に去っていった。

「柿崎警部補」

玄関を上がったすぐのところにある階段の上から、土佐の声が下りて来た。慌てて靴を脱ぎ、階段を上ろうとしたが、床がつるつるに磨き上げられていたため、足を滑らせ、数段、転がり落ちた。腰を軽く打っただけで痛みはなかったが、立ち番をしている巡査たちは笑うばかり。女将や従業員たちも出てこない。

柿崎はゆるゆると立ち上がると、慎重に足をだし、階段を上った。

二階は客間であり、廊下を挟んで左右にドアが並ぶ。

一番手前にある「富士見の間」の前に、土佐は立っていた。階段から滑り落ちた件は、見て見ぬふりをしてくれたようだ。

ドアは開けたままになっており、部屋の真ん中に男が二人、落ち着かない様子で座っていた。テーブルの上には空の湯呑みが二つ。

奥に座っているのは、カーキ色のセーターを着た、メガネの男性だ。恐らくこちらが福西だろう。髪も短く、いかにも会社員という印象だ。一方、手前の男はくすんだ色のトレーナー姿であり、髪は乱れ、無精髭《ぶしょうひげ》も見える。こちらが無職であるという辻村か。

柿崎はまず、奥の男性に向かって言った。

「地域課特別室の柿崎警部補です。あなたが福西さんですね」

「いえ、私は辻村です。福西はこっち」

と手前の男を示す。見た目は当てにならないということか。また一つ、勉強になった。

「失礼しました。あなたが辻村さんで、こちらが福西さん」

あらためて挨拶をすると、手前の福西は素早く名刺をだし、立ち上がって柿崎に差しだした。柿崎でも名前を知っている大手菓子メーカーの名前がある。肩書きは営業課長だ。若いのに優秀な人物と見える。

「すみません、川北のことがショックで……」

乱れた髪を直す余裕もないようで、悄然《しょうぜん》とうなだれている。

一方、辻村の方は顔を伏せ、座ったままだ。柿崎はあえて声をかけず、福西にも座るよう促すと、自分も彼らの向かいに正座した。

土佐は戸口で立ったまま、腕組みをしてこちらを見ている。口だしはしない、お手並み拝見ということか。

柿崎は咳払いをすると、二人を交互に見ながら言った。

「川北さんに自殺の動機はあったのですか?」

戸口から「うわっ」という喘《あえ》ぎのような声が聞こえた。土佐だ。低い天井を仰ぎながら、首を左右に振っている。

福西と辻村はポカンとした表情で、柿崎を凝視している。

無言のまま数秒が過ぎ、福西が恐る恐るといった体で口を開いた。

「我々は、川北がどういう状況であなったのか、何も聞いていないんです。いきなり、そんなこと聞かれても……」

土佐たちは、現場状況を意図的に隠していたらしい。まずは聴取を行い、その様子をうかがいながら、自他殺の結論をだすつもりだったのだろう。

「あいつはやっぱり自殺だったのか？」

辻村が身を乗りだしてきた。

柿崎は慌てて、言い足す。

「まだ自殺と決まったわけではありません」

「じゃあ、他殺ということか？」

「いえ、そういうわけでは」

「じゃあ、どっちなんだ？」

「そ、それは……」

これではどちらが尋問しているか判らない。どうして、こちらの質問が済むまで、大人しくしていられないのか。

「辻村さん、いま、やっぱりっておっしゃいましたね」

土佐が戸口から問いかけた。

「え？」

「あいつはやっぱり自殺だったのか？　あなたは今、そう言った。あなたが自殺だと考えた根拠は何です？」

「それは……」

言い淀《よど》む辻村に代わり、福西が答えた。

「テント周りの様子です。足跡もなかったし、テントの入り口は固く縛ってありましたから」

「足跡はなかった。それは確かですね」

「ええ」

「今のところ、遺書のようなものは見つかっていません。そこでお二人におききしたいのですが、川北さんが自殺したとして、思い当たる事はありますか」

答えたのは辻村だった。どこか投げやりな感じがする。

「そんなことは、もうとっくに調べがついているんでしょう？　あいつは落ちるところまで落ちた。ろくに仕事もなくて」

「それは自殺の原因とはならないでしょう」

「精神的にも追い詰められていたようですよ。鬱《うつ》だとか不眠だとか」

「ずいぶんとお詳しいですね」

辻村は自嘲《じちょう》の笑みを浮かべた。

「最近は、俺も似たようなものだったからね。あいつの気持ちが判るんですよ」

「最近、失業されたとか」

「ほら、やっぱりもう調べはついてるんじゃないか。福西、こいつらはもう、俺たちのこと洗いざらい、調べ上げているんだぜ」

　そう言われ、福西に不安の色がよぎった。隠し事の下手な正直な男なのだろう。

「でも、どうしてです？　ボクたちは、ただ遺体を見つけただけで……」

　柿崎は言った。

「発見者はまず疑われるのですよ」

　土佐のため息が聞こえた。

「いえ、そんなことはありません。ただ、関係者全員の調査をすることは、捜査のセオリーですから」

　辻村は「やれやれ」とつぶやきながら立ち上がり、窓の曇りを手のひらで拭《ぬぐ》った。

「それじゃあ、我々は失礼してもかまいませんか。川北は身内もいないので、友人に声をかけて、葬儀の準備なんかを……」

「いえ、少しお待ちいただきたい」

　土佐が戸の前に立ち、言った。

「まだ自殺と決まったわけではありません」

　福西が土佐を見上げて言う。

「でも、川北には自殺する動機はあった。それに足跡の件も……」

「しかし、自殺する場所として選んだのが、なぜ樹海だったのか。それも、友人二人がいるすぐ傍で」

　意味ありげな言いように、二人は不安げに顔を見合わせた。

土佐は続ける。

「その気になれば、自宅ででも決行できたはずだ。それをなぜ、わざわざ樹海で？」

辻村が口を尖《とが》らせて反論する。

「そりゃ、樹海がそうしたことで有名だからでしょう」

福西も続く。

「ボクたち二人に会ってからと思ったのかもしれません。あるいは、一人きりでは死にきれなかったのかも……」

「お二人は川北さんと今も親しくされていたんですね」

「親しくというと……正直、それほどでもなかったんですけど」

福西が困り顔で答える。嘘《うそ》のつけない生真面目《きまじめ》な男という印象はやはり正しかった。

土佐は意地悪くツッコミを入れる。

「しかし、川北さんはあなたがたに会ってから死のうと考えた。相当に親しい間柄でなければ、そんな風には考えませんよ」

「そ、それは、例えとして言ったまでで、本当にそうだとは……」

福西の狼狽《うろた》えは、本当に生真面目だからなのか、それとも後ろ暗い秘密を抱えている故なのか。柿崎は福西の表情から読み取ろうとしたが、皆目、見当がつかなかった。

土佐がひと呼吸置いた後、言った。

「鑑識の結果待ちではありますが、川北さんにはためらい傷というものがない。それに、刺した場所がこの、首の側面なんです。自殺で刺すには妙な場所です。普通は手首であるとか、胸、喉を正面から……」

「止めてくれ！」

辻村が青い顔をして、口元を押さえた。

「疎遠になっていたとはいえ、友達だったんだ。そんな言い方しなくても……」

「これは失礼」

土佐は険しい顔を変えず、言った。

「ただ、この状況で遺書もないとなると、やはり別の可能性も考えなければならない」

それがどのようなものなのか、二人にも判ったはずだ。窓際にいた辻村はテーブル前に戻り、福西はそわそわと体を揺らしながら、座り直した。

土佐は初めてその場を動き、ゆっくりとした動作で、柿崎の隣に腰を下ろす。

「昨夜の行動を詳しくおききしたい」

数多くの現場をくぐり抜けてきたその迫力に、柿崎は思わず背筋に冷たいものを感じた。

栗柄や桃園、明日野とはまた違った凄《すご》みがある。

「まずは福西さん、あなたからお願いします」

「行動と言っても……宿に着いて風呂《ふろ》に入り、その後、辻村と飲んでいただけです」

「宿に着いてからは、ずっと部屋に？」

「いえ、午後二時に着いて、ちょっと休んでから樹海へ」

「散策ですか?」

「いぇ……」

福西は言い淀む。おおよそのことは推察できたが、土佐は黙ったままだ。柿崎もそれに従うこととした。

福西は言いにくそうに口元をモグモグ言わせた後、ちらりと窓の外に視線を投げ、言った。

「川北に会いに行ったんです。先に着いてテントを張っていると連絡があったので」

「ほほう。では宿を出た正確な時間をうかがいたいですな」

「午後三時ちょうどです。女将さんにきいていただければ判ります」

土佐の様子を見るに、その辺は既に確認済みのようだった。

「宿を出たのは、お二人ご一緒ですか?」

「ええ、一緒です。そこから歩いて三十分くらいでしょうか。川北がテントを張っている場所まで行きました」

「川北さんのテントの場所がよく判りましたね。散策道から、テントは目に入りませんでしたが」

「毎年、ほぼ同じ場所に張っていますから。宿に近すぎたり、道が傍を通っていると気分が出ないと言って」

土佐は福西の横で不機嫌そうに黙りこんでいる辻村に目を移した。

「何か付け加えることは？」

「別に。樹海には何度も来ているから、何となくだけど自分のいる位置くらい判る。川北のテントの場所を見つけるくらい、わけないさ」

「それで、お二人とも川北さんにお会いになった？」

「いや、俺だけ。福西は散策道で待ってたよな」

福西がうなずく。土佐はすかさず、福西にたたみかけた。

「それはどうしてです？　宿に到着して一時間、すぐに樹海に入ったのは、川北さんを訪ねるためでしょう？　にもかかわらず、当人とは顔を合わさなかった。片道三十分もあるいたのに」

福西は、居心地悪げに押し黙ったままだった。見かねたのか、辻村が自ら口を開く。

「顔を合わせづらかったんですよ。ここに来る前、ちょっと……もめたから」

「ほほう」

土佐の目が光る。

「詳しくお話しいただきたいですな」

「何てことないんだ……」

続けようとする辻村を、土佐は右手をかざして止めた。

「福西さん自身からお聞きしたい」

辻村はムッとした様子で黙りこむ。一方、横に座る福西は額の汗をハンカチで拭い、細い声で言った。

「樹海に来るのは、今回で最後にしよう。ボクがそう提案したんです。正直、仕事や家族との時間を削って、年に数回、ここに来るのは負担だったんです。樹海に対する目新しさのようなものもとっくになくなっていましたし」

仕事も順調、家族もいる福西としては当然の想《おも》いだろう。柿崎は言った。

「それが川北氏には気に入らなかった、というわけですか」

福西は首を傾げる。

「それはどうか判りません。ただ、ボクが考えていた以上の剣幕で怒り始めて、最後には、自分のような落ちこぼれの相手はバカバカしくてできないのかって、そんなことまで。さすがにボクもカッときて、言い返しているうちに、治まりのつかないことになって……」

川北の気持ちも判らなくはない。妬《ねた》み嫉《そね》みによって平静ではいられなくなったのだろう。

「しかし――」

土佐が言う。「ならばなぜ、あなたがたは揃って樹海に来たんです?」

答えたのは、辻村だった。

「俺が説得したんですよ。最後にするにせよしないにせよ、喧嘩《けんか》別れってのはよくないぞって。ただ、この福西はともかく、川北の方はまだグズグズと拗《す》ねていたものだから、まず俺が会って様子を見るからってことになって。まあ、三人とも何だかんだ言って、来たかったんですよ、ここに」

「つまり、事前の諍《いさか》いはちょっとした痴話喧嘩のようなものだったと」

「当り前だろ。あんたら、まさかそれが原因で俺らがあいつを殺したとでも？」

殺したという言葉が、その場の空気を緊迫させる。

「いや、そんなことは言っていませんが」

土佐はそう言いながらも、空気を緩めるつもりはないようだった。

「では辻村さん、あなたが会った時、川北さんの様子はどうでしたか？」

「どうもこうも、相当に参っている様子だった。何というか、目に生気がなくてさ。自棄《やけ》になっている感じがしたなぁ」

「その時は、どんな話を？」

「会話みたいなものはなかったよ。無事に着いたからって言ったら、テントから顔をだして、おうとだけ。すぐに引っこんでそれっきりさ。しばらくあれこれ話しかけてみたんだが、反応もないから、馬鹿らしくなって止めた」

土佐は福西を見て言う。

「辻村さんと離れていたのは、何分くらいでした？」

「十分くらいですかねぇ。話し声などは聞こえませんでした。ボクも川北とは顔を合わせ辛《づら》くて、散策道からは一歩も出ませんでしたから」

「そこからは？」

土佐の質問相手は、また福西に戻っていた。

「辻村と二人で宿に戻りました。ゆっくり歩いたので、宿に着いたのは四時十五分だったかな。それから辻村と二人で温泉につかりました」

深緑荘には温泉がある。柿崎は入ったことがないが、ポカポカと温まる実に良い湯だと明日野が言っていた。

「その後もずっとお二人で？」

土佐の問いに、辻村はうなずいた。

「日が暮れたら、どこへ行くって当てもないからね」

「部屋で飯を食って、酒を飲んで。だけど仕事の疲れもあって、十時くらいには寝てしまいました。だから朝起きたとき、こんなに雪が積もってるのを見て、びっくりしたんですよ」

「雪が降り始めたことさえ、知らなかったもんな」

柿崎の見たところ、二人が嘘《うそ》をついている様子はない。とはいえ、一つ一つ確認を取る必要はあるだろう。この時期は鳴沢村を訪れる観光客も減る。昨夜、深緑荘の泊まり客はこの二人だけだった。配膳《はいぜん》や酒の追加注文の時刻を洗えば、二人の証言の裏が取れるはずだ。

土佐もようやく納得した様子で、座を立ちかけたとき、辻村が言った。

「そう言えば、俺、一人で風呂に行ったよな」

土佐が座り直す。

「それは、何時頃《ごろ》のことですか？」

「七時ちょうどだったかな。飯を食って、本格的に飲み始める前に、もう一度、温泉を味わっておきたくなったんですよ」

福西もうなずいた。

「そう言えば、そうでした。ボクはもう酒が入っていたので、部屋にいることにしたんです」

土佐が鋭い口調で辻村に尋ねた。

「風呂にいた時間は？」

「さあ、よく覚えてないなぁ。八時前に戻ってきたのは確かですよ」

土佐の目が福西を見る。

「その点について、どうですか？」

「辻村が戻ってきたのは、八時少し前、五十分……もしかすると、もう少し前だったかも」

「なるほど。その間、福西さんは部屋にお一人で？」

「ええ。ただ、お膳を下げに女将さんが来てくれました。水を頼んだので持ってきてくれたりして」

土佐の表情がわずかに緩んだようだ。

「お時間をいただき、ありがとうございました」

「もう、いいんですか？」

福西の問いに、土佐はさらりとした口調で言ってのけた。

「今のところは」

三

「深緑荘」の隣にある「緑風荘《りょくふうそう》」一階には、七人の男女が集っていた。玄関を入ると、正面に風呂屋の番台を思わせる丸いカウンターがあり、チェックインの手続きはそこで行われる。カウンターを中心に、ソファやマッサージ椅子《いす》などが雑然と並ぶ、何とも古めかしいロビーには、若者たちの不平不満が飛び交っていた。

「もう何度も同じ事、答えてるんですけど」

「まだ帰っちゃダメなんですか？」

「明日は会社なんですよぉ」

「ビール飲んだらダメですか？　喉渇いちゃって」

水家と万剛が閉口した様子で、土佐を見つめている。

昨夜、川北を目撃したという、「樹会」のメンバーたちだ。聴取のことなどを考え、辻村たち二人とは別の場所で待機させていたのだろう。

土佐は靴を脱ぐと、皆の前に仁王立ちとなった。

口々に勝手なことを言っていた彼らも、土佐の顔を見ると、一様に口を閉じた。それだけの風格が備わっているということだろう。その点については、柿崎も感銘を受けた。

「皆さん、お引き留めして大変、申し訳ありません。ですがもう一度だけ、昨夜の詳細を語っていただきたい。会の代表者はどちらですか？」

マッサージ椅子に座る、四十代半ばくらいの女性が手を上げた。

「私です」

「お名前は？」

「平久保美紀子《ひらくぼみきこ》です」

「平久保さん、ここにいる皆さんは、あなたが主宰する会のメンバーですね」

「主宰って、そんな大げさなものじゃないんです。ただ、ハイキングなんかの交流サイトがあって、そこで知り合った仲間です」

「どうして、樹海へ？」

「何か理由があってのことじゃないんです。たまたま、誰かが言いだして……、誰だったかな」

ソファに座る初老の男が言った。

「山口《やまぐち》さんですよ。夜の樹海に行ってみたいって」

「そうだ。それで一気に盛り上がって、メンバー集めが始まったんだ」

「その山口さんという方は？」

「それが、来てないのよ。まあ、言いだしっぺだからって、来なきゃいけないって縛りもないんだけど」

平久保はカラカラと豪快に笑ってみせる。ルールで縛らない、この適度ないい加減さが、このグループの良さなのだろう。

土佐の登場で高まった緊張も、大分、ほぐれてきたようだった。それと共に、皆の口も幾分、軽くなる。

初老の男性の隣に座る、二十代と思われる男性が言った。

「日程とか時間とか、率先して決めてたのは、山口さんなんですよ。まあ、ボクも会ったことないですけど」

「つまり、日程や集合時間は山口さんが決めて、皆さんはやって来たと?」

平久保が答えた。

「ええ。集合は河口湖《かわぐちこ》駅でした。電車で来る人もいたのでね。そこから車に分乗して、七一号線を通って、本栖湖《もとすこ》の方を回って、こっちまで」

「宿は取っていないんですか?」

「ええ。もともと徹夜のつもりだったし、車の中で仮眠しても良かったし」

柿崎は呆《あき》れる。樹海は観光地とはいえ、それなりの危険が潜む。今回のように突然の大雪であったにもかかわらず、一人のけが人もでなかったのは、奇跡的なことだ。

叱《しか》っておこうと口を開きかけたが、土佐に止められた。

「警部補、思うところは判りますが、今は証言を取ることの方が大事です」

そう言われれば、そうかもしれない。柿崎が土佐に続けるよう促すと、彼は平久保に向き直った。

「民宿村に到着してからのことを教えてください」

「そんなに言うほどのことはしてないんだけどなぁ。駐車場に車を置いたのが午後七時前だったかな。荷物を持って、散策道から樹海に入った」

「樹海には何度か？」

「二度目かな。ほかの人も似たようなものだけど、散策道から外れさえしなければ、そんな危なくないでしょ？」

外れなくとも、危険はそこここにある！　叫びだしたくなるのを柿崎はこらえた。一般人というのは、どうしてこうも軽率なのか。荷物を持ってとさきほど平久保は言ったが、見る限り、ろくな装備も持っていない。皆、小さなデイパック一つであり、靴も普通のスニーカーだ。初冬の樹海に入るには、あまりに思慮が足りない。

柿崎の煮えたぎる思いなど気づきもしないのだろう、平久保は平然と続けた。

「そこから散策道をゆっくり歩いていった」

「正確な時刻は判りますか？」

驚いたことに、平久保は首を振る。

「せっかく夜の樹海に入るんだし、腕時計とかは禁止。携帯も電源を切っておくのがルールだったから」

「時計も持たず、携帯の電源も切っていたというのは、問題ですよ」

柿崎は厳しく言った。

平久保はギロリと柿崎を睨《にら》みつける。

「何なの？　時計を持たずに樹海に入っちゃいけないって法律でもあるの？」

「ほ、法律などはないけれども……」

「樹海をどう楽しもうと、こっちの勝手でしょう」

土佐の助け船はなかった。柿崎が黙りこんだのをきっかけに、ほかのメンバーたちが口々に喋《しゃべ》り始める。

「天気が悪くて、星が見えなかったのは残念でしたけどね」

「何か怪しい音でもするんじゃないかって思ってたけど、静かだったねぇ」

「樹海の上空にはＵＦＯが飛んでるって噂《うわさ》があるんだけど、あれって、車のヘッドライトなんでしょう」

ひとしきり雑談に花が咲いた後、土佐が野太い声で言う。

「まだ、質問は終わっていないんですがね」

途端に、話し声がぴたりと止まる。柿崎にすれば、魔法だ。

「樹海に入ってしばらくして、あなたたちはテント泊の男を目撃した。そうですね？」

平久保たちは互いに顔を見合わせた後、うんうんと揃ってうなずく。妙なところだけシンクロする連中だ。

「それが死んだ人なんでしょう。びっくりしちゃった」

さして驚いた様子もみせず、平久保は言った。

「男を見た時刻は……判りますか？」

平久保は肩をすくめる。

「今も言ったように、時計は持って行かない。携帯も電源を切る。それがルールだったから。だけど、その人を見る少し前から、雪がちらちら降ってきたんだ」

降雪の始まりが八時前後。彼らが川北を目撃したのは、やはりそのくらいということになる。

「男はどんな様子でしたか？」

「最初はね、ぼんやりと明かりが見えたのよ。こっちもびっくりしてね。化け物でもでたのかって。そしたら、光の中に人の姿が浮き上がって」

若い男が口を開いた。

「ボクが思いきって声をかけたんですよ。そんなとこで何してんですかって」

「ほほう。男は何と？」

「樹海の夜を楽しんでる、つまり我々と同じでした。ただ、向こうはたった一人でテントを張って泊まろうっていうんですからねぇ。こっちとは覚悟が違う。まあ、感心するやら呆れるやら」

男は元来、話し好きのようだ。これが警察による聴取であることも気にせず、樹海には野犬がいるというが本当なのだろうか、逃亡犯が樹海で生活している村があるというが本当だろうかと生真面目な顔で土佐に問うた。

土佐は苦笑いをしながら、柿崎を示す。

「そういうことならば、こちらの警部補が専門です」

好奇の視線が、一斉に柿崎へと向けられる。

柿崎は声が裏返りそうになるのを抑え、言った。

「そのようなことはすべて事実無根です。樹海は手つかずの原始林が残る貴重な場所です。そのような、根も葉もない噂を真に受けてですね……」

「でも、年に何人も樹海で自殺していますよね。それにはやっぱり、何か原因があるんじゃありませんか？」

「やはり、何らかの超自然的な力が働いていると思うなぁ」

もうコントロールの仕様がない。柿崎はややきつい調子で、皆に注意した。

「いいですか。今は我々による聴取の最中です。余計なことは喋られないように」

平久保が間髪をいれず噛《か》みついてきた。

「喋るなって、あれこれきいてきたのは、そっちでしょうが。こうして集まって、あんたたちの相手してるのだって、善意でしてることなんだ。文句があるんだったら、帰らせてもらう」

平久保は立ち上がる。それに合わせ、残りのメンバーたちも続いた。妙なところだけ、統制が取れている。

「そんな勝手なこと、許しませんよ」

柿崎は叫んだが、誰一人、足を止める者はいなかった。混み合っていたロビーは、あっという間にガランとした空間に変わった。つけっぱなしにしていったマッサージ椅子だけが、ウワンウワンと音をたてて動いている。土佐が立ち上がり、それを止めた。

「もう少し、人あしらいを覚えることですな、警部補」

何か言い返してやりたかったが、この状況では言葉がない。不本意ながら、無言でうつむくよりない。

その途端、土佐が打って変わって朗らかな表情を見せた。

「まあ、後はこの宿の女将が証言してくれています。彼らが樹海から出てきたのは、午後八時五十分過ぎ。本当はもっと早く戻れたようですが、雪の様子を眺めていて、しばらく散策道をウロウロしていたようです。ですが、雪の降りが尋常ではなくなってきた。それで慌てて戻ってきた。女将はそう証言しています」

「なるほど。つまり、彼らの行動はほぼ明らかになっているのですね」

「ええ」

柿崎は気を持ち直した。警察の捜査はチームプレイだ。チームで動き、結果が出ればそれで良い。

「情報はほぼ出揃った。では、これからどうしますか」

土佐は靴脱ぎ場へと下り、艶《つや》をなくした革靴を靴べらも使わずに履いた。

「柿崎警部補に任せて、我々は引き上げます」

柿崎は出て行こうとする土佐を慌てて追った。だが、トレッキングシューズの紐《ひも》を結ぶのに手間取り、追いついた時、彼は水家の運転する車に乗りこもうとするところだった。

「待ちなさい。私に任せるとはどういうことです？」

後部ドアを開こうとしていた土佐は動きを止め、柿崎を振り返った。

「自殺体が見つかった場合は、地域課特別室がその後の手続きを行う。こういう取り決めだったはずです」

「自殺？　川北力男は自殺だと、あなたは断定するわけですか」

「いけませんか」

土佐は挑戦的な目つきで、柿崎に向き直る。運転席の水家、助手席の万剛は顔を伏せ、目を合わせようとはしない。

土佐は続けた。

「川北は午後八時前後まで生存が確認されています。平久保さんたちが出てから、樹海に入った者はいない。発見時、川北のテント周りには足跡がなかった。以上のことから考えても、彼が自殺したことは明白だ」

「しかし、テントの中で、しかも刃物を首に刺しての自殺なんて、少々、不自然でしょう」

「絶対にないとは言い切れないでしょう？　自殺するほど思い詰めていたわけですから、そういう死に方を選んでも、不思議はないと思いますが」

「だが遺書もない。せめて、自殺の原因が判明するまで、断定は避けるべきではないですか」

土佐は眉《まゆ》を寄せ、険しい顔つきになる。舌打ちでも聞こえてきそうだ。

「そちらと違って、刑事課は忙しいんですよ。先《せん》だっての岸島《きしじま》の件で、マスコミ対応やら何やら、てんてこまいでしてね。たしかに、岸島を逮捕できたのは、あなたがたのおかげだ。風穴《ふうけつ》から、証拠の指も回収できましたしね」

「刑事課長のご機嫌も多少はましになったのではないですか？」

「あのヒヒ野郎……おっと今のは聞かなかったことに……課長は相変わらず、上の方ばかり見ていましてね。それだけに、我々への風当たりも強い」

手柄よりも、政財界へ波及する大波を起こした柿崎たちを疎《うと》ましく思っているということだ。つまり、土佐としても柿崎たちに近づくのは、できる限り避けたいというのが本音か。

「私の意見を聞き入れて、厄介な樹海絡みの案件を持ちこめば、刑事課長のご機嫌はますます悪くなる。あなたの足下も、日に日に危うくなるということですね」

「現場についてはからっきしのあなただが、さすが、政治についてはよく頭が回る。さて、申し訳ないのですが、我々はまだ寄るところがあるのです。警部補をお送りすることができません。ご自身でタクシーを捕まえていただけますか」

柿崎の返答も待たず、車は発進した。雪解けの泥水を派手に撥《は》ね飛ばしながら、車は逃げるように走り去る。泥水を危ういところで避けた柿崎は、広い駐車場に一人ぽつんと残された。

上司の話を最後まで聞かず、車を発進させるとは、まったく、今の刑事課は教育がなっていない。後で、刑事課長に電話の一本でも入れておくべきだろう。

柿崎は「深緑荘」に戻った。がらりと玄関の戸を開けると、モップを持った女将が事務室のドアから顔をだした。

「あら、警察の方。皆さん、もうお帰りになりましたよ」

「私はいいんです。少し、この場をお借りしてもいいですか？」

宿の造りはどこも大差ない。「緑風荘」と同じく、玄関を上がったところにはソファとマッサージ椅子がある。違っているのは、カウンターの形が四角いことくらいだ。

マッサージ椅子にかけ、肘掛《ひじか》けにあるスイッチを手当たり次第に押してみた。何も起こらない。みれば、目の前にコインを入れるボックスがあり、二十分五百円の文字が見えた。

「有料ですか……」

柿崎は小さく背伸びをすると、そのままの姿勢で、目を閉じた。

このまま、大人しく引き上げてよいのだろうか。川北の遺体が見つかったテントの様子が脳裏によみがえる。

あれが果たして、自殺の現場だろうか。ここに赴任して以来、多くの遺体を見てきた。命をなくして間がなく、体温の温《ぬく》もりすら感じられるものもあった。一方で、完全に風化し、白骨となって無残に散らばっているものもあった。白骨化した場合、すべての骨が揃うことはまれだ。風に飛ばされ、動物に運ばれ、多くが失われてしまう。

腐敗が進みハエが飛び交う現場もあった。初めのうちは見るたびに嘔吐し、夜は夢に見た。食事が喉を通らない日もしばしばだった。

「タクシー、呼びましょうか」

目を開くと、女将がモップをホウキに持ち替え、怪訝《けげん》そうな面持ちで脇に立っている。

柿崎は「いや」とカウンターの電話機に手を伸ばそうとする女将を止める。

「ちょっと考え事をしていました。しばらく、こうしていても良いですか？」

「ええ。そりゃあ、構いませんけど。ま、うちとしては、コインくらい、入れていただけるとありがたいんですけどね」

そう言い置くと、そそくさと廊下の方へと歩いて行く。

座るなら金を払えということですか。

財布を開くと、あいにく小銭がない。

そこに女将が盆にグラスを載せて戻ってきた。グラスの中には濃い藍《あい》色をした液体がなみなみと入っている。

「何となくお疲れのように見えますので、これを」

差しだされたグラスを見て、柿崎はきく。

「これは……何です？」

「当館に代々伝わる、秘薬です」

「秘薬？」

「この宿の創始者が、樹海でつんだ草花の汁を混ぜ合わせて作った飲み物です。それ以来、七十年以上、継ぎ足し継ぎ足ししてきた秘伝の妙薬です。滋養強壮、無病息災、乾坤一擲《けんこんいってき》、私共も繁忙期には欠かさずいただいております」

「それを私に？」

女将は笑みを浮かべながらうなずく。何とも不気味な飲み物だが、断れる雰囲気ではない。しかし、樹海の草花で、どうやってこんな藍色を作れるのだろう。

「アルコール類は入っていませんね」

「はい、もちろん」

グラスを鼻に近づけるが、無臭だ。女将の視線をチリチリと頬のあたりに感じる。

柿崎は覚悟を決め、息を止めた。グラスに口をつけ、一気にあおる。だが、グラスは意外と大きい。液体は粘り気があり、喉の通りはすこぶる悪い。

「ううっ」

ここで息継ぎをしたら負けだ。柿崎は目を固く瞑《つぶ》り、残りを一息に口の中へと流しこんだ。

「むむぅ」

吐《は》きそうになるのをこらえ、何とかすべてを飲みきった。口の中にむわっと、土のような臭《にお》いが広がる。ゴボウと柑橘《かんきつ》系の果物を混ぜ合わせ、そこに魚の生臭さを加えたような、何とも耐えがたい後味だった。口の中はなおもべたついている。

「こ、これは……どうも」

「見事な飲みっぷりですねぇ」

女将はニコニコしながら空になったグラスを受け取り、足音もなく奥へと引っこんだ。

柿崎は手洗いに急ぎ、洗面で口をすすいだ。味は消えきらなかったが、口内の粘つきだけは大分、ましになった。

親切でしてくれたことなのだろうが、次回からは固辞しよう。

ロビーに戻った柿崎は、再び、ゆったりとマッサージ椅子に横になる。

この半年、何度も見てきた自殺の現場。物言わぬ遺体と向き合い、遺族と語り合い、引き取り手がいない場合は、自分たちで弔ったりもした。

川北力男はどうだったのか――。

違う。

どうしても自殺とは思えなかった。

では根拠を示せと土佐は言うだろう。それができない自分がもどかしい。

テントの中で、遺書も書かず、自分の首を突いて自殺する。

たしかに、あり得ないことではない。

残るのは漠然とした違和感だけだった。川北はそんなに死を望んでいたのか？

せめて、川北の身辺を洗うべきだ。それまでは、安易に扉を閉めるべきではない。

柿崎はゆっくりと上体を起こす。

だがどうやって調べる。土佐に依頼したところで、拒絶されるのがオチだろう。

川北の住所は東京だった。ならば、何とかなるのではないか。

柿崎は立ち上がり、携帯をだした。もうかけることもないと思い、連絡先から削除した番号をキーパッドで押す。

呼び出し音が数回鳴り、応答があった。

「柿崎です。ごぶさたしています」

四

「あれぇ、柿崎君やないの」

静恵《しずかめぐみ》警部補の華やかな声は、前と少しも変わっていない。

「ごぶさたをしています」

「相変わらず、他人行儀な口の利き方やな。警察学校の同期なんやから、ため口でかまへんのと違う？」

「そうは、いきません。警察官たるもの、一定の礼節を持ってですね……」

「あんた、学校でも友達おらへんかったしな」

「友達の数と実力は無関係ですよ」

「そやな。うちは友達ぎょうさんおったけど、あんたと同じ、左遷組や」

「私は左遷などされていません」

「そうか？　融通が利かん言うて上司に疎まれ、山梨県警の最果てに流されたって聞いたで」

「私もあなたに関する噂は聞いていますよ。融通が利かないと上司に疎まれ、地元の京都府警に無理矢理、戻された」

　陽気な笑い声が携帯の向こうから聞こえてきた。

「その通りや。でもその後、どういう成り行きか東京に引っ張られて、今は警視庁共助課や。普通なら考えられん人事やな」

「活躍の噂も聞いています」

「こっちもや。あんた、樹海に行ってホンマ、良かったなぁ」

「良くなんかありませんよ！」

「そうか？　うちは共助課に来て良かったと思てるで。仕事はきっついけどな」

　静のきっと引き締まった目、すっと通った鼻筋、細身でキビキビと動く姿が思い浮かんだ。耳の辺りが熱くなるのを感じ、柿崎は慌てて本題に入った。

「それで、今日連絡したのはですね――」

「川北のことやろ」

「え？」

「ヤサが東京なんやな。調べてくれって、連絡あったで。上吉田署刑事課から」

土佐か……。通話口の向こうでは、静が話を続けている。

「あんたから言われんでも、資料は送ろうと思てたんや。逆に電話もろて、びっくりしたわ」

「依頼は刑事課からでしょう？　では、刑事課に送るのが筋なのでは？」

「あんたに送るよう指示がついてんねん」

足の力が抜け、柿崎はマッサージ椅子に座りこんだ。

「おーい、大丈夫か、柿崎警部補」

静の呼びかけに何とか答える。

「え、ええ。大丈夫です」

「この川北いう男な、けっこうやばいで」

「と言うと？」

「カメラマン崩れやけどな、最近は際どい写真撮って、あちこちに売りつけたり、恐喝のネタにしていたようや」

その手のことをして小銭を稼いでいたとの認識だったが、現実はさらに深みへとはまっていたわけか。

「まあ、詳しいことは資料にまとめといたから、あとで読んどいて。ただ一つだけちょっと気になることがあってな。岸島智也《ともや》の件」

「はい。少し前に我々の主導で解決に導きました」

静は「解決に導きました」と柿崎の口調を真似して、ケラケラと笑い転げている。

「静警部補！」

「相変わらずやと思たけど、やっぱり相変わらずや。あんたみたいにおもろい人、大好きや」

思いがけない言葉に、また耳の周りが熱くなった。

「あ、あの、静警部補……」

「岸島智也には何人かカメラマンが張りついていたみたいやけど……あれ？　柿崎君、どないかした？」

「い、いえ、何でもありません。続けて下さい」

胸の高鳴りは続いていたが、悟られぬよう慎重に答えた。

「そのカメラマンのリストに、川北の名前もあった。気になってちょっと調べてみたら、あんたらが岸島を追いこむきっかけになった写真」

「岸島が診療所の前にいる写真ですか？」

「そう、それ撮ったんが川北なんや」

「何と」

思いがけないところで、あの事件との関連が見つかった。様々な可能性が頭の中で渦を巻くが、静の言葉はまだ止まらない。

「実はもう一つ、面白い繋《つな》がりが見つかったんや」

「もう一つ？」

一つでも十分なのに、もう一つ？

「樹海で殺された三叉《みつまた》な、彼と川北はちょいちょい連絡を取り合っていたみたいなんや。その辺のところは、何も聞いてないの？」

三叉と川北に繋がりがあったのであれば、当然、捜査資料にも載っていたはずだ。三叉事件のとき、土佐から関連資料はすべて提供されていたわけで、これは柿崎の見落としだ。もしこの場に栗柄か桃園がいれば、すぐに気づいていた可能性は高い。

「それについては、私は……何も……」

「ふふーん。柿崎君もまだまだやね」

「おっしゃる通りです」

「へぇ、現場に出て、ちょっとは素直になったやないの。感心、感心。川北が岸島に密着しとったんは、表向き週刊誌の依頼となってるけど、裏で糸を引いてたんは三叉やな。結果として、三叉殺しの解決に彼の写真が役立ったというんは、なかなか皮肉が効いてるやないの。それともう一つ、樹海に詳しい川北が三叉側についていたとすれば……」

「三叉が最後に取った行動についても、説明がつく。つまり、風穴のことを教えたのは、川北ということですか」

「想像やけどな」

「あり得ることですね。ただ、そうなると、その後、当の川北が樹海で自殺したというのは……」

「ちょっと出来すぎな感じはあるかな」

「なるほど。大体のところは判りました。あとはお送りいただいた資料に目を通してみます」

「了解。久しぶりに声聞けて安心したわ。ま、新天地でがんばりやす」

「静警部補も」

「おおきに」

　通話は切れた。

　柿崎はマッサージ椅子から立ち上がると、そのまま、「深緑荘」の軒先へと出た。刺すような冷風にあたりながら、ぐっと奥歯をかみしめる。

　体の奥底からふつふつと活力が湧《わ》いてきたのは、静の声を聞いたからだけではない。

　駐車場での土佐の態度が、いま、ようやく理解できた。彼は三叉と川北の繋がりにとっくに気づいていた。つまり、彼もまた、自殺説には懐疑的であったのだ。しかし、上司である刑事課長の手前、その意見を公にすることができない。

だから、あえて自殺説を採る態度を見せながら、真相解明を柿崎に投げて寄越《よこ》した。

前もって共助課に川北の調査依頼をしたのは、柿崎が静に連絡を入れると予想してのことだろう。

出世をして組織の上に立とうとしていた自分が、叩《たた》き上げである巡査部長の手のひらで踊らされていたわけだ。

もはや笑う気にもなれない。

携帯を見ると、静からの資料が届いていた。プレハブに戻り、PCでじっくり検分したいところだが、タクシーを使っての移動も時間がかかる。個人情報や機密情報のファイルも入っているから、宿のものを借りるわけにもいかない。どうしたものかとファイルを見ていると、中に「重要」と記されたファイルがある。こうなることを見越し、静が必要と思われる事項をまとめ、別にファイルとしてまとめてくれたようだ。

開いてみると、川北の近況が簡潔に記されていた。

それによれば、パパラッチ紛いの活動で、川北は様々な人物から恨みを買っており、脅迫なども受けていたらしい。もっとも苛烈《かれつ》だったのが、岸島のグループからのものだ。

先の事件で岸島を追いこむ端緒となったのは、彼が診療所から出てくるところを捉《とら》えた写真であり、それを撮ったのが川北であったわけだから、当然だろう。川北にしてみれば、逆恨みのようなものかもしれないが、後ろ暗い商売をしている限り、そうした「因果応報」からは逃れられない。

つまり、岸島グループには川北殺しの動機があったわけだ。

深夜、樹海内に一人でいる川北を、岸島の残党グループが襲った。シナリオとしては、十分にあり得る。

あるいは、岸島グループは無関係で、柿崎たちも知らぬ別件で川北を恨む者が、絶好の機会を捉え殺害した可能性もある。

この資料を元にして、容疑者を洗いだす。目撃情報やアリバイなどを徹底的に追及すれば――。

興奮気味に捜査方針をたてたところで、ハタと気づいた。

足跡だ。テントの周囲に足跡はなかった。被害者は降雪直前の午後八時ごろまで生きていたことが確認されている。もし川北に恨みを持つ何者かが殺害に及んだとして、犯人はいかにして足跡を残さずに現場を離れることができたのか。

何らかのトリックが使われた可能性もある。かつて小馬鹿にしながら読んだミステリー小説の一幕が思いだされた。糸とセロハンテープを使ってドアの鍵《かぎ》を外側からかけるというものだ。

今回も……。

その可能性を柿崎は即座に打ち消す。犯行が岸島の残党によるものであろうと、他の何者かによるものであろうと、そんな面倒なことをするとは思えない。しかも、トリックなどを使っても、犯人が得るものは何もない。トリックを使って足跡を消したのであれば、殺害方法だってもっと工夫しただろう。あんな誰が見ても他殺という殺し方をするはずがない。

自殺なのか、他殺なのか。

迷いはまた、スタートラインに戻ってしまった。

柿崎はため息をつく。

やはり、私一人では無理なのかもしれませんねぇ。

思い浮かぶのは、普段から憎まれ口ばかり叩く、上司を上司とも、いや、人を人とも思わぬ生意気な部下二人の顔だった。

彼らなら、どうするでしょうねぇ。

初冬の日は、既に西に傾き始めている。道路や屋根の雪はほとんど溶けてしまったが、樹海内に積もったものは、まだ大半が溶け残っている。

積もるのは一瞬、溶けるのも一瞬か。天気予報でも、ここまでの降雪になるとは言っていなかった。慌てた人も多かっただろう……。

今朝、車がまともに動かせず、慌ててタクシーを探した自分自身を振り返る。

では、犯人はどうだったのだろう。犯人もまた、突然の降雪に慌てたのではないか。

ここまでの積雪は、気象予報士たちにも読み切れなかった。犯人に判るはずもない。

ふわふわと捉えどころのないものの中心にある、固い核を摑《つか》んだ気がした。

雪は犯人にとっても意外だった。つまり、雪はイレギュラーだ。

もし昨夜、雪が降らなかったとしたら。

もう一押しだ。柿崎は今一度、「深緑荘」の玄関をくぐる。女将がニコニコと近づいてきた。

「顔色がよくなられましたね。よろしければ、アレをもう一杯、いかがですか？」

「けっこうです」

五

「深緑荘」の富士見の間に、福西と辻村が憮然《ぶぜん》とした表情で座っていた。特に福西は、だされたお茶にも手をつけず、何度も携帯を確認している。やがてたまりかねたような口調で柿崎に詰め寄った。

「刑事さん、明日は仕事があるんです。何としてでも今夜中に東京に帰らないと」

日はとっくに暮れきり、時計は午後九時をさしている。

柿崎は言った。

「申し訳ありませんが、まだ帰すわけにはいきません」

辻村が福西をかばうようにして、食ってかかる。

「あんた、いったい、何の権利があって俺たちを拘束するんだ？」

「拘束などはしていません。あくまで、任意で事情を聞いているだけで……」

言質《げんち》を得たとばかり、辻村は立ち上がる。

「任意なんだな。なら、帰らせてもらう。福西も行くぞ」

「いや、待てよ辻村、そんな強引な」

「帰りたいのか帰りたくないのか、どっちなんだよ」

「そりゃ、帰りたいさ。だけど……」

こういう状態になることは、柿崎も予想していた。ドアの前に立ち、向き合う二人に言った。

「福西さん、なぜ、そうお急ぎになるのです？　何か、やましいことでも？」

福西の顔色が変わる。

「そ、そんなもの、あるわけないでしょう。ボクはただ、仕事のことが心配で……」

「会社には私の方から連絡を入れても構いません」

「止めて下さい。休暇の旅行先で、事件に巻きこまれたとか、上司には知られたくないんです」

それを聞いた辻村は、やや冷めた顔つきになり、どっかりと座布団に座り直した。

「仕事に家族、おまえもいろいろ大変だな」

そこには皮肉めいたものが仄《ほの》めかされていた。福西は気づかないふりをして、また携帯に目を戻した。

頃合いかと柿崎は一歩前に進み出ると、口を開いた。

「それほどお時間は取らせないと思います。すべてが終われば、ご帰宅いただいてけっこうです。福西さん、必要とあらば、ご自宅まで私の責任で送らせます。ご安心下さい」

その言葉を聞き、福西はようやく携帯を手放した。ちらりと見えた携帯画面には、三歳くらいの男の子と明るく笑う女性が映っていた。妻と子供だろう。

一方、辻村は顎周《あごまわ》りの無精髭を気にしながら、柿崎を睨んでいる。

「それで、俺たちにいったい、何の用があるって言うんだ？　川北は自殺なんだろう？」

「当初はその方向で動いておりましたが、現場状況に不審な点がありましてね。それで、進展が少々、遅れたわけです」

「少々じゃないだろう」

辻村は壁の時計を指さして言った。

「申し訳ありません。ただ、既に方針は定まっています。川北さんの死は殺人です」

福西がぎょっと目を見開いた。

「殺人って……それ、ホントなんですか？」

その傍らで辻村は暗い表情でため息をついた。

「まったく、何てこった」

「川北さんは仕事上のトラブルに見舞われていたようです。反社会的勢力に狙《ねら》われていたとの情報もあります」

福西が眉を寄せる。

「川北がですか？　彼はいま無職で……」

「おまえ、何も知らなかったのか？　川北のヤツ、今じゃあ恐喝紛いのことして、小銭を稼いでいたんだぜ」

「そ、それは、本当か……って、辻村、おまえ、知ってたのか？」

「幸せいっぱいのヤツには、見えないんだな。俺たちみたいな脱落組の姿が」

辻村の卑屈な物言いに、さすがの福西もムッと口を尖らせる。

「そんな言い方はないだろう。ボクだって……」

「まあ俺だって、クビになるまでは似たようなものだったさ。川北の事、正直、バカにしていたよ」

柿崎は言った。

「辻村さん、あなた最近、川北さんと連絡を取り合っていましたね？」

「さすが警察。調べてくると思ったよ。ああ、身一つで銀行から放《ほう》りだされてさ、途方に暮れているとき、真っ先に思いだしたのが川北の顔でさ」

「川北さんとは、どんな話を？」

「いい仕事ねえかな、なんてことをさ、酒飲みながら携帯で話してた。それだけだよ」

「それだけ？」

「ああ、それだけ」

「川北さんの仕事内容については？」

「ちらっとだけ。色んな所でネタを拾っては金にしてるって」

「具体的には何か？」

「いくら大学時代の友達だからって、そこまでオープンにはしないだろうよ。ただ愚痴混じりに、やばいヤツらに狙われているから、気をつけないと、とは言ってたよ。まとまった金が入ったら、北海道あたりに引っ越したいなんてな」

「三叉という名前に心当たりは？」

「ない」

福西にも尋ねてみたが、すぐに首を振った。

「では岸島は？」

辻村が微かな反応を見せた。

「それって、この間、捕まった？」

「ええ。三叉というのは、岸島に殺害された被害者の名前です」

「最近、ニュースとかもあんまり見なかったからなぁ」

「岸島の名前を、川北さんから聞いたんですか？」

「うーん、はっきり覚えてないけど、何か言ってたような気も……福西、おまえ、何か聞いてるか？」

福西は力なく首を振った。

「聞いてるわけないだろう。川北とは最近、ほとんど話すらしていなかったから。それで、川北は何をしていたんです？　反社会的勢力って？」

福西からは動揺こそ見て取れるが、嘘や隠し事をしている素振りは感じられない。柿崎は話を進めることにした。

「依頼を受け、様々な写真を撮っていたようです。密会の証拠写真などが主だったようですが、それだけでは生活できず、時には依頼人に内緒で撮影対象者と連絡を取り、写真を高値で買わせたりしていたとの証言があります」

福西が、力なく肩を落とした。

「何てことだ……」

「それがために、随分と危ない目にも遭《あ》っていたようです。彼を恨む者、彼の死を望む者は多かった」

辻村が「ほう」とうなずく。

「つまり、川北が殺されたとして、容疑者はたくさんいるわけだ」

「ええ。刑事課がざっと調べただけで、十数人浮かびました。一度に調べるには人員が足りないほどです」

「そいつはお気の毒だ。だけど、それならばそろそろ、俺たちを解放してくれてもいいいんじゃないか？」

柿崎は苦笑する。

「そうしたいのは山々なのですが、一つだけ解決できない疑問が残っているんです」

「足跡のことですか？」

不安そうに言ったのは、福西だった。

柿崎がゆっくりとうなずくのを見て、不安の度はますます強まったようだ。声がかすかに震えている。

「川北が昨夜、最後に目撃されたのが、午後八時ごろ。その直後から猛烈な雪が降り始めた。翌朝、ボクたちが川北の遺体を見つけたとき、テントの周りに足跡はなかった。つまり、午後八時以降、テントに近づいた者もテントから出た者もいない。そういうことですね」

柿崎は思わず、手を叩いてしまった。

「その通りです。福西さんは状況をよく理解しておいでのようだ」

「ミステリーが好きでよく読むものですから。こういうのを密室って言うんですよね」

辻村が顔を顰めた。

「バカバカしい。現実と小説をごっちゃにするんじゃねえよ。足跡なんて、降った雪で消えちまったのかもしれないし、俺たちが見落としただけかもしれないだろ」

柿崎は言った。

「可能性としてはもちろんありますが、血液の問題はどうなりますか？　テント内は酷い状態でした。犯人は多量の返り血を浴びたと思われます。そんな状態で、どこにも血をつけず、雪の樹海を抜けるのは難しいと思いますがね。どこかに、痕跡が残る。真っ白な雪が積もっていれば、赤い血痕は目立ちますよ」

「さあな。返り血のことは予想して、着替えとか持ってきたんじゃないの？　汚れた服はゴミ袋か何かに入れてさ」

「なるほど。それはあり得ることです」

「だろう？　だったら、もう解放してくれって。福西だって、帰りたがっている」

柿崎は福西に目を移したずねた。

「あなたは昨日、雪が降ることを知っていましたか？」

「いいえ。多少天気が崩れるくらいのことは天気予報で言ってましたけど、まさかこんなに雪が降るなんて」

「辻村さんはどうです？」

「同じだよ」

「今回の降雪は、寒気が予想より南下したために起きました。気象庁でも予想できなかったのです。当然、犯人にも予想できなかった。であれば、先ほど辻村さんが言われたように、袋を用意するなどの雪対策を講じることは、できなかったはずです。もしできたとすれば、犯人は気象庁以上の知識を……」

辻村が顔を赤くして声を張り上げた。

「雪が降ろうが降るまいが、返り血の対策はするだろうがよ。犯人が袋を用意したからって、不思議はない」

どうやら堪忍袋《かんにんぶくろ》の緒が切れたらしい。憤然と立ち上がった辻村は、柿崎に詰め寄ってきた。

「警察だからって、いい加減にしろ。これ以上、俺たちを拘束するなら、弁護士雇って訴えるからな」

今度ばかりは、福西も止めには入らない。うつむいたまま、沈黙している。

胸ぐらでも摑まれれば、公務執行妨害でじっくりと絞り上げられるところだったが、そこまでの理性はまだなくしていないらしい。辻村は怒りに満ちた目で、柿崎を間近から睨みつけていた。

柿崎はその目を見返して言う。

「お言葉ですが、状況から見て川北さんが他殺であることは間違いない。そして、殺害現場に被害者をよく知る人物が二人もいた。あなたがたは、最重要容疑者なわけですよ」

満を持して放った柿崎の言葉は、相当な効果があった。辻村の勢いは衰え、福西はますます狼狽えた。

ここぞとばかりに、柿崎は踏みこんだ。

「福西さん、あなた、川北さんとは最近、もめていたそうですね。それは十分に動機になります」

「そ、そんな。ボクは殺してなんかいませんよ。バカな……どうして……」

その傍らで、辻村は何事かを思案し始めていた。

柿崎は福西に言った。

「川北さんの携帯から、あなた宛《あて》のメールが多数見つかっています。どれも、あなたを妬んだ、誹謗《ひぼう》中傷に近いものですね」

柿崎は土佐から届いたメールデータの一つを読み上げる。

「ご立派に見えても、陰では何か後ろ暗いことやっているんだろう？　俺がばらしてやろうか？」

他人の弱みを握り、それをネタに脅す。川北は薄汚い恐喝者に成り果てていたわけだ。

福西に同情を覚えつつも、柿崎は続けた。

「これらのメールに対して、あなたもかなり激しい内容の返信をしている。そんなことはさせない。家族を守るためなら、俺は何でもする——」

蒼白《そうはく》になった福西は激しく首を振る。

「違う、本気じゃない。そりゃ、あんなメールを送られたら、誰だってカッとするでしょう？　それに、弱みを見せたら、つけこまれると思って……」

「どう言い訳しようと、動機があることに変わりはないのですよ」

「待てよ」

辻村が割りこんできた。

「俺たちを疑うのはおかど違いだ」

「ほう、なぜです？」

「俺たちにはアリバイがある。樹海から宿に戻った後、ずっと一緒にいた。まさか、俺たちがグルだなんて、言わないよな」

「ええ。犯人は単独犯であると思います」

「なら、こんな馬鹿げた議論はおしまいだ。川北には気の毒だが、火のない所に煙はたたない。殺されるような人間になっちまったってことさ。いずれにせよ、俺たちは関係ない。さ、もう帰らせてもらっていいだろう？」

　柿崎はドアの前に立つ。

「アリバイがあるとおっしゃいますが、辻村さん、あなたは一人で温泉に入ってますね。その間のアリバイはありませんよ」

　辻村はその質問を待っていたのだろう。ギラリと目を光らせて笑った。

「間抜けな刑事さんに言ってやるよ。川北が最後に目撃されたのは、午後八時前後だよな。俺が温泉に行ったのは、午後七時だ。そして、戻ってきたのは七時五十分ごろ。そうだったな、福西」

　福西は黙ってうなずく。

「昨日、川北のテントのところまでは、優に片道三十分はかかった。つまり、往復で一時間だ。もし俺が温泉を抜けだして、川北を殺しに行ったとしても、その時間までには、戻ってこられなかった。つけ加えるなら、福西のアリバイも問題ない。宿の女将と何度か顔を合わしているんだから」

　辻村は得意げに腕組みをすると、どうだと言わんばかりに、柿崎を睨んだ。

「その川北さんの目撃談なのですが、少々、疑問が出てきましてね」

　柿崎の言葉に辻村は眉を寄せる。

「疑問だと？」

「目撃者の方たちが見たのは、本当に川北さんなのでしょうか」

「訳が判らんな。彼らは散策道から外れた原始林の中にテントを張っている男を見た。そんな物好きが、川北以外にもいたっていうのか？」

「そうとは言っていません。何者かが彼らを錯覚させたのではないかと考えているのです。そもそも目撃者であるグループは、ネットで集まった急ごしらえのもので、さほど樹海に詳しくありません。散策道上とはいえ、夜の樹海内で現在地を正確に把握することは、困難だったと思われます。ここからは仮説ですが、何者かがテントを用意し、この宿から片道十五分ほどのところで待機します。グループの面々がやってきたところで、わざと目立つように明かりをつけ、顔をだして見せる。暗がりですから、顔ははっきりと見えません。彼らが目撃したことを確認し、テントをたたみ、暗闇に乗じてここへと駆け戻る。そうすれば、遅くとも十九時五十分前には、部屋に戻れます」

　辻村はしばし無言でいたが、やがて声を上げて笑い始めた。

「こいつはすごい。俺のアリバイが崩れてしまったぞ」

「私の仮説を、お認めになるのですか?」

「認めるか、バカ。第一、俺がそんなことを実行した証拠はない」

「確かに。ですが、実行できる条件は揃っているのですよ。宿の宿泊客はあなたたち二人だけです。温泉を覗《のぞ》かれる心配もない。それから、目撃者のグループはネットで集まったと言いましたが、今回の樹海散策を言いだした山口という人物がですね、何と欠席しているのです。確認したところ、交流サイトからは退会しており、記されていた住所はデタラメ、名前も偽名でしょうねぇ」

「つまり、山口を名乗った犯人が、彼らを目撃者に仕立てるため、樹海へと誘いこんだと?」

「そういう推理も成り立つということです」

「推理、推理。だが証拠がなくっちゃな」

辻村は余裕の表情で続けた。

「ついでだからもう一つ聞きたいな。雪が積もった川北のテントの周りには、足跡がなかった。それについては、どう説明するんだ? たしかに、午後七時から五十分ほど俺のアリバイを証明してくれる人はいない。だが、いずれにせよ、その時間では川北のテントまで行って、ヤツを殺すことはできない」

「八時の目撃証言がなくなれば、被害者の殺害時刻はもっとずっと前という可能性もあります」

「だが俺にはアリバイがある。福西とずっと一緒にいたからな。あんたは俺を犯人と思っているようだが、俺には川北を殺す時間はなかったぜ」

「ありましたよ」

「なに？」

「午後三時半、あなたは福西さんを散策道上に残し、一人で川北さんに会っている」

「あ、ああ。会ったよ、確かに。かなり参っている様子で、ちょっと気になったんだ」

「それを証明することはできますか？」

「何だと？」

「その場にいたのは川北さんとあなただけ。福西さんの視界からは隠れていた。あなたは、その時、川北さんを刺殺したのではありませんか？」

「ば、バカな……」

辻村の後ろから、福西が言った。

「それはあり得ませんよ。だって、あなただって確認したでしょう？　川北のテントは酷いありさまで、その血が……」

「ええ。首を刺され相当量の出血がありました」

「あなたもさっき、おっしゃいましたよね。犯人はかなりの量の返り血を浴びているはずだって。あのとき、辻村はすぐに林の中から出てきて、ボクと一緒に宿へ戻りました。服にもどこにも、血なんてついていませんでした。それは絶対です」

辻村がニヤリと笑った。

「俺の言いたいことは、すべて福西が言ってくれた。持つべきものは友だな」

柿崎は携帯に取りこんだ現場写真の一枚をだし、見せた。川北のテントが写っているものだ。

「川北さんのテントは二人用のドーム型テントです。テント本体に、よくしなる二本のポールをクロスして差しこむことで、ドーム状にします。ポールの端はテントの角にある穴にそれぞれ差しこみ固定するわけです。犯人はこのテントを、返り血防止のための遮蔽物《しゃへいぶつ》として使ったのではないでしょうか」

「遮蔽物？」

「小型テントは一人でも組み立てられるよう、仕組みが簡単にできています。それは逆に、一人でも解体しやすいということ。犯人はテントの中にいる川北さんに気づかれぬよう近づき、固定されているポールを引き抜いた。テント本体は一瞬でペシャンコになります。中の川北さんは咄嗟《とっさ》に身動きのできない状態となる。犯人はその瞬間に外から川北さんを刺した」

福西が言う。

「それではテントにも穴が空くはずです」

「空気を取りこむための穴、ベンチレーターを使ったのです。そこから凶器を持った腕を入れ、川北さんの喉を刺した。その後、外からまた元通りテントを立て直せばいいのです。

返り血は一切、浴びずに済みます。指先などには血がついたかと思いますが、福西さんの目をごまかし、その後は温泉に入って洗い流してしまえばいい」

「絵空事の空論だ」

「そうでしょうかね。川北氏が三時半過ぎの時点で殺害されており、午後八時の目撃談は犯人の作為によるねつ造だと考えれば、発見時、テント周りに足跡がなかった説明がつきます。三時半以降、誰もテントに近づかなかったのですから、当り前と言えば、当り前ですね」

「だが証拠はない。証拠がなければ、あんたの言ったことはただの戯《ざ》れ言《ごと》だ」

「証拠ならあると思いますよ。宿の裏にあるゴミ箱の中にね」

辻村の顔色が変わった。どうやら、図星だったようだ。柿崎は内心、胸をなでおろしていた。

「目撃者たちを騙《だま》すために使ったテント、犯人はそれをどこに隠したのか。樹海の中に放置しておくのも手でしょうが、発見される恐れもある。遠くまで運んでいては、部屋に戻る時間が遅くなる。そこで、もっとも手近にある宿のゴミ箱を利用することとした。この辺りのゴミ収集日は月曜、水曜、金曜です。今日は水曜日、収集日に当たっている。収集時刻は午前中の八時前。つまり、あなたがたが遺体を発見し、騒ぎが大きくなるころには、ゴミ収集は終わりテントは既に運びさられている。犯人の目算はそうでした。ところが、昨夜からの豪雪で、ゴミ収集ができなくなっていましてね」

辻村の顔が強《こわ》ばっていく。

「刑事課の人間が既にテントを発見し、現在、鑑識で分析中です。あなたの指紋、DNA、いろいろ出るでしょう」

辻村の脇《わき》で、福西がぺたんとへたりこんでいた。

「辻村……おまえ……」

「くそっ、上手《うま》くいくと思ったんだけどな」

柿崎は白く曇った窓に目をやる。

「あなたにとって、唯一の誤算が雪だった。まさか、こんなに積もるほどの雪が降るとは思わなかった。そうでしょう？」

「ああ。最初の計画では、自殺に見せかけるつもりはなかった。岸島の残党が復讐《ふくしゅう》のために川北を殺した——そんな筋書きだったんだ。それを雪が……」

「テント内での自殺——そう偽装すれば、誰も気づかなかったかもしれません」

「そう気づいて、最初の尋問のときは自殺をほのめかしたんだ。だがやはり、警察の捜査は甘くなかった……。雪の降りだしがもう少し早ければな。つくづく、俺は運がない」

「動機についての解明はまだ進んではいませんが、岸島智也の件が絡んでいるのではないですか？」

辻村は力なくうなずいた。

「岸島の仲間に頼まれたんだ。岸島智也の写真を撮った川北を、このままにしてはおけない。だが、警察ににらまれていて自分たちは動けない。ケジメをつけるためにも、殺してくれって」

福西が辻村の肩を摑んだ。

「おまえ、そんなことで川北を殺したのか？　ずっと友達だった、あいつを……」

その手を荒々しく振り払うと、辻村は低い声でつぶやく。

「おまえには判らんさ。仕事をなくし、家族もなくして、残ったのは借金だけ。ヤツらは借金をチャラにしてくれるって言うから」

柿崎はたずねる。

「この計画の立案は、あなたが？」

「そうだ。川北はいろんな奴らから恨みを買っていた。アリバイさえ確保すれば、自分が疑われることはないと踏んだんだが……」

辻村は無念そうに窓を見る。

「雪さえ、降らなければ」

六

気がついたとき、柿崎はプレハブの来客用ソファに座りこんでいた。頭痛がして、疲労困憊《こんぱい》だ。

時刻は深夜三時になっていた。

携帯を見ると、メールが一通。桃園からだった。

『ボスへ。土佐さんから聞きました。大活躍だったそうですね。見直しました』

とある。

桃園らしい短い文面を何度も読み返す。

大活躍……大活躍だったのか⁉

画面を睨んでいると、突然、音をたてて扉が開いた。驚いた柿崎は、ソファから飛び上がり、携帯を取り落としてしまった。

戸口に立っていたのは、栗柄である。四角い顔に満面の笑みをたたえ、両手を大きく開いている。

「いやぁ、ボス！」

駆け寄ってきた栗柄は、そのまま柿崎をハグした。猛烈な力で締めつけられ、柿崎は空気を求めて喘《あえ》いだ。

「栗柄……巡査……少し、力を……」

「ボス、話は全部聞きましたよ。感動です。いやあ、さすが、ボス」

「力を緩めなさい、苦しいから……」

「おおっと、これは失礼」

栗柄は柿崎を勢いよく突き飛ばす。弾《はじ》かれたはずみで、柿崎はソファにめりこむことになった。

そんな柿崎を見下ろしながら、栗柄はなおも興奮が冷めやらぬようだ。

「土佐から聞きました。見事、犯人をふん縛ったそうですなぁ。独力で、お一人で、誰の力も借りないで」

「栗柄巡査、君の言葉はすべて同じ意味です」

「それにしても素晴らしい。この栗柄、前々からボスの事を……」

「あのぅ、栗柄巡査、実はですね……」

「何もおっしゃいますな。この栗柄、前々からボスの事を……」

「だから栗柄巡査……」

「頭でっかちなバカだと思っていましたが、やはりその実、あなたには秘められた才能が……」

「栗柄巡査、人の話を聞きなさい！」

栗柄はきょとんとした顔で、ようやく口を閉じた。柿崎はなおも逡巡した後、思い切って口を開く。

「記憶がないのですよ」

「は？」

「あなたがたが大活躍と称する一部始終、私には記憶がないのです」

栗柄は右手で自分の額をぴしゃりと叩くと、愕然《がくぜん》とした様子で天井を振り仰いだ。

「ボス……犯人が宿泊していたのは、深緑荘でしたな」

「その通りです」

「ボス、女将から飲み物を供されませんでしたか？」

「飲み物？　ああ、グラスに秘薬だという怪しいものをいただきました。公務員ですから本来固辞すべきものでしたが、そのぅ、女将の手前、どうにも断りづらくてですね……」

「それだ」

「え？」

「実態は誰も知らない謎《なぞ》の飲み物。あれには不肖栗柄も手ひどくやられたことがありましてなぁ。鼻血が止まらなくなり、二日ほど床を離れられんかったものです」

柿崎は胃のあたりを押さえながら言った。

「そんな怪しげなものを、女将は人に振る舞っているのですか」

「彼女に悪意はないんですよ。台所の床下に大きな瓶《びん》がありましてね、そこに代々の女将が薬草の汁を継ぎ足し継ぎ足ししてきたものが……」

「それで、成分は？　まさか、麻薬のような……」

「中には何が入っているのか、門外不出で教えてくれません。効能は人によって違うようですが、もしかするとあれは、ボスにぴったりのエナジードリンクなのではないかと」

「バカを言いなさい。ひょっとしたら、酷い副作用があるかもしれないのですよ」

「いや、副作用というのは、まさにボスの身に起きたことで、土佐に聞くところ、ボスは名探偵もかくやというご活躍で、これを今回だけに留《とど》めてしまうのは、警察全体の損失……」

「黙りなさい。とにかく、そのような怪しげなもの……ああ、栗柄巡査、水をいっぱい下さい」

「しかしボス」

栗柄は水道の蛇口から勢いよく水をだしながら言った。

「岸島グループの残党のことですがね、少々、元気が良すぎやしませんか」

「というと?」

「岸島智也は逮捕され、リーダーはいなくなった。にもかかわらず、きっちりと川北を殺して落とし前を付けようとしている。残党だけの知恵でこれができますかね」

栗柄はコップに注《つ》いだ水道水を柿崎に手渡す。柿崎は生ぬるい水を飲み干して尋ねた。

「それはどういうことです?」

「黒幕がいるんじゃないですかね」

栗柄の目が光った。

「岸島の後釜《あとがま》が、グループの取りまとめに入っている。俺にはそう思えて仕方ないんですよ」

「しかし、あのグループは岸島のワンマンだったわけでしょう?」

「実は、もう一人いたんじゃないですかね。岸島の陰に隠れて、実質的にグループを取り仕切っているようなヤツがね」

「それは、誰なんです？」

「そこまでは判りませんよ。俺の勘ってだけですから」

「あなたの勘だけではねぇ」

柿崎は空になったコップを給湯室の流しに置く。

振り返ったとき、栗柄は自分の椅子に座り、競馬新聞を開いていた。

「近々、とんでもないことが起こらにゃいいんですがね」

柿崎は鼻で笑う。

「あなたの考えすぎです。何も起こったりしませんよ。私が保証します」

第三話　柿崎努の逃亡

一

下添良平《しもぞえりょうへい》がエレベーターを降りたのは、午後十一時を回ったところだった。

河口湖《かわぐちこ》駅から五分ほどの所にある、観光ホテル「キュラーソ」にフロントスタッフとして勤め始めて一年と少し。憧《あこが》れて就いた職業ではあったが、今では「転職」の二文字が頭を過《よぎ》り続ける日々だ。

観光ホテルと言っても、最大の売りは低価格。フロントスタッフなどという名称は形だけで、実際はゴミの清掃までを行う何でも屋だ。特に午後八時からのシフトは人も少なく、深夜になるまでまともに休憩を取ることもできない。

今も三階の部屋から隣のテレビの音がうるさいとのクレームが入り、問題の部屋へと向かっているところだ。

右側に整然とドアだけが並ぶ廊下は、人気《ひとけ》のなさもあって、少々不気味である。電気代の節約のため、照明をギリギリまで落としているので、余計にそう感じる。

そんな廊下に、若い男たちの怒鳴り声が響いていた。

『総理、それでは答えになっていないでしょうが』

『原稿読んでんじゃないよ。ちゃんと自分の言葉で答えなさい』

ドラマの音が漏れているのだ。

下添はため息をついて、三〇六号室の前に立つ。クレームが入るのも当然だ。ドア越しにもこれだけ音がもれてくる。いったい、どれだけのボリュームで鳴らしているのだろう。

チェックインを担当したのは、別のスタッフだった。データによれば、名前は山田太郎《やまだたろう》、年齢三十一、職業会社員。ホテルの利用は初めてだった。

インターホンを押す。何とも気が重かった。最近、ホテル内でのゴタゴタが増えていた。警察沙汰《ざた》にこそなったことはないが、良くない噂《うわさ》は下添の耳に多々、入ってきていた。部屋で薬物の取引が行われているだの、売春目的で部屋を取る男女が増えているだの。

返事はない。もう一度、インターホンを押す。

「フロントの者でございます。お客様」

少し待ってから、軽くノックしてみる。ドラマの声は相変わらず、ドア越しに筒抜けだ。

『私は安心安全な大会をですね……』

『国民の命を二の次にして何が安心安全だ』

『再質問はお控え下さい』

何のドラマか判《わか》らないが、随分と荒れた内容だ。

カチャリとドアノブが回る音がした。

下添はドア前から一歩下がり、客が姿を現すのを待つ。

姿を見せたのは、背が高く細面の神経質そうな男だった。グレーの背広に磨き上げられた靴。保険のセールスマン、いや、それにしてはスーツが安物だ。線が細く押しだしもさほど強くないから、セールスマンではないか。銀行マンにしては崩れた感じがするし……。

男はどんよりとした目で下添を見つめると、「私は……」とだけつぶやいて、左手でこめかみを押さえた。頭が痛むようだ。

酔っ払いか？

酒の臭《にお》いはしないが、表情や立ち居振る舞いなどから、下添は男が酩酊《めいてい》していると判断した。

「お客様、もう少しテレビの音を小さくしていただけませんか？」

今もドラマの声は大音量で廊下に流れだしている。

『さきほどから申し上げていますように、安心、安全な……』

『答えになってない！』

『再質問はお止《や》め下さい』

男はドアにもたれかかったまま、動こうとはしない。うつむいたまま、何か思案するように首を傾《かし》げている。

「お客様、テレビの音量を……」

部屋をのぞこうとした下添の胸を、男が突いてきた。よろめきながらも、ドアの縁を摑《つか》んで何とかバランスを取る。

「お客様……」

やっかいなことになったな。内心ではげんなりしている。このホテルに専属の警備員などいない。何かあるごとに、契約している警備会社に連絡し、警備員を派遣してもらわねばならない。

下添は腹に力をこめて言った。

「テレビを消して下さい。他のお客様のご迷惑になります」

ここで押し問答をしていては、かえって他の宿泊客の迷惑になる。

下添は部屋に踏みこんだ。男は必死に押しとどめようとしたが、酔いのせいか足下がふらつくようで、簡単に振り払うことができた。

とりあえずテレビを消し、それから警備会社に……。

ベッドにもう一人、別の男が横たわっていた。

シングルの部屋はせまく、部屋のほとんどをベッドが占めている。トイレはあるがバスはなく、六階の共同浴場を使うことになっていた。ベッドのほかにあるものと言えば、小さなデスクと椅子《いす》、それにさっきから問題となっているテレビだ。

男はベッドの上で大の字になっていた。靴ははいたままだ。スーツの前がはだけ、シャツが真っ赤に染まっている。そこから流れだした液体は白いベッドに染みこみ、じわじわとひろがっていた。壁にも赤い文様が散っている。

男は目を見開いたまま、動かない。

『総理、何を言ってんだ。このままだと国民が死ぬよ』

『ええ、安心安全を……』

男は死んでいた。まだ血の気を失っていない顔に見覚えがあったが、まず口をついて出たのは、叫び声だった。

後ずさった拍子に背中がテレビに当たり、台から転がり落ちた。その衝撃でコンセントが抜けたのだろう。皆を悩ましていた喧《やかま》しいセリフの応酬はパタリと止んだ。

「死んでる……死んでる」

足先が硬いものにふれた。見れば、黒く冷たい輝きを放つ拳銃《けんじゆう》が、グリップをこちらに向けて転がっている。

撃たれたんだ……。

その瞬間、死体の顔とテレビで見たふてぶてしい若い男の顔が一致した。

こいつ、岸島智也《きしじまともや》だ。薬物売買のグループを率い、内紛の挙げ句、仲間を殺した。

ということは、いまここにいる男は……。

「ちょっと、あんた……！」

下添はドアの方を見た。

「え？」

男の姿はなかった。代わりに、黒い手帳のようなものが、床に落ちている。

下添はそれに近づこうとして、足がもつれた。自分で自分の体を制御できない。

廊下では下添の叫び声を聞き、次々とドアが開いていた。それぞれのドアから、客たちが顔をのぞかせる。

「今の声は何だ？」

そんな声を耳にしながら、下添はようやく拾い上げた手帳に目を落とす。テレビドラマなどでよく見かけるものだった。

警察手帳。

開くと所有者の氏名、所属などが書いてある。

氏名の欄には、「柿崎努《かきざきつとむ》」とあった。

二

柿崎はホテルの廊下を走り抜け、階段を駆け下りた。遥《はる》か遠くから、パトカーのサイレンが聞こえてくる。

いったい、何がどうなっているのか。

思考は空転を続けるばかりだった。ただ一つ確かなことは、今すぐに、この場を離れなければならないということだ。

足がもつれ、転げ落ちそうになったが、手すりを摑み、危ういところで難を逃れた。

深呼吸を一つして、また階段を下りる。

このホテルは地下駐車場がある。いったん地下まで下り、そこから逃走を試みるつもりだった。

正面玄関からでは目立ちすぎる。スタッフによって出入口が固められている恐れもあった。

地下一階に着くと、「駐車場」と表示されたドアを開ける。排ガスの臭いが漂う、薄暗い空間が広がっていた。宿泊客はさほど多くないため、駐《と》まっている車もわずかだ。

柿崎は車の出入口へと足を向ける。出入口はスロープを上った先にあった。出入庫の管理はすべて機械が行うため、無人である。開閉式のバーが入庫口と出庫口のそれぞれに設置されていた。バーをくぐれば、容易《たやす》く表に出られる。

小走りにスロープを上る柿崎だったが、近づいてくる革靴の足音に、思わず振り向いた。

二人の若者が、柿崎めがけて走り寄ってきた。歳《とし》は二十代、髪は短いが、一方は金、一方は赤に染め上げている。耳だけでなく鼻にもピアスをつけており、金髪の方は腕にヘビの入れ墨があった。真冬だというのに、共に半袖《はんそで》のシャツ姿であり、そして二人とも、異様に足が速かった。

瞬く間に追いつかれた柿崎は、手荒く腕を取られ、壁際へと押しやられた。

「テメエ、逃げようたって、そうはいかねえ。この落とし前はつけさせてもらうからな」

ギラギラと光る目で、赤髪がぐっと顔を近づけてきた。

二人の人相に覚えはない。だが、柿崎には大凡《おおよそ》の見当がついていた。

「手を放しなさい。こんなことをしていると、ただでは済みませんよ」

金髪が笑う。

「人殺しに説教されたくないな」

「私は人殺しではありません」

「よく言うぜ。俺《おれ》たちのリーダーを殺《や》ったくせして」

「私はそんなこと、していません」

そう叫びながらも、柿崎は混乱していた。記憶が所々抜け落ちていて、今夜の出来事が時系列順に整理できない。

いったい、自分に何が起きているのか。

縛《いまし》めを解《と》こうと足掻《あが》くが、金髪は細身の割に力が強い。手首を取られ捻《ひね》られると、激痛で何もできなくなる。何かの格闘技をやっているのだろう。

そんな金髪が苛立《いらだ》たしげに赤髪に言った。

「さっさと車とってこい！　グズグズしてるとサツに囲まれるぞ」

「お、おう」

赤髪が駆けていく。様子から見て金髪が兄貴分のようだ。

一人になった金髪と、柿崎は対話を試みた。とにかく喋《しゃべ》らせることだ。情報を得られるかもしれないし、上手くすれば懐柔して……。

「何も喋るんじゃねえ」

口を開こうとしたところで、金髪に言われた。

「おまえ、本当に警察官か？　思ってることがみんな顔に出てんぞ」

そうなのだろうか。自分では完璧《かんぺき》なポーカーフェイスのつもりなのだが。

ブレーキの音がして、白い車が二人の前に止まった。ベンツのＣクラスだ。

運転席から赤髪が飛びだしてきて、後部ドアを開けた。

金髪に手首を固められ、柿崎は頭を押さえつけられる。乗せられたら、おしまいだ。

「待ちなさい。警察官にこんなことをして、ただで済むと思うのですか？」

「まだ言ってやがる。おまえなんか、どうせ懲戒免職だよ。人殺しなんだからよ」

「私は殺してなんかいません」

「口を閉じろ、クソが」

縛められた右腕に激痛が走った。涙がにじみ出る。

「さっさと乗りやがれ」

二人がかりでは、どうにも抵抗できない。

「ちょっと乱暴すぎるんじゃないか」

聞き慣れた声がした。赤髪に押さえられているので顔を上げることすらできないが、間違いはない。いつも柿崎を悩ませる、低いダミ声だ。

「何だおまえ？」

金髪のすごむ声がする。

「部下だよ」

「あん？　ゲフ」

金髪の妙な声が聞こえた。同時に頭の上から手がどけられた。慌てて顔を上げると、数メートル離れたところに、栗柄《くりから》が立っていた。皺《しわ》だらけの茶色いスーツに薄汚れた革靴。ネクタイは外しており、右手には丸めた競馬新聞がある。傍《そば》には腹を殴られたと思《おぼ》しき金髪が、下腹部を押さえ、ギラつく目を栗柄に向けている。

そんな男に背を向けて、栗柄は言った。

「ボス、何ともお労《いたわ》しい」

「栗柄巡査、あなた、どうしてここへ」

起き上がった金髪が、崩れた髪型を気にしながら栗柄に向かっていく。

「巡査だと、テメエサツか？」

素早い身のこなしで右パンチを放つ。思っていた以上に長い腕だった。栗柄は眼前に迫ったパンチを避《よ》けつつ、相手の手首を新聞ではたく。パンと小気味の良い音がした。

「ボクサー崩れってとこか。踏みこみはいいが、工夫が足りないな」

「うるせえ」

さらに踏みこんだ金髪が、栗柄のボディを狙《ねら》う。その顎《あご》を、栗柄のパンチがかすめていった。

「けふぅ」

金髪はその場に崩れ落ちた。

「まともに殴ると、手が痛いんだ。歳かな」

栗柄は呆然《ぼうぜん》と立ち尽くす赤髪に向かって言った。

「ええっと、その赤い髪の君、こいつの部下だよな」

男は両手を上げた。

「いや、あの、別にそういうわけじゃ……」

「じゃあ、どういうわけでここにいんのよ?」

栗柄は相手の頬《ほお》をパチンと張るや、髪の毛を摑んで引き寄せた。

「おまえらが拉致《らち》ろうとしたのは、俺の大事なボスなのよ」

「す、すみません。俺、頼まれただけで。全部、喋りますから」

「おまえらが誰《だれ》に頼まれたのかくらい、とっくに判ってる。警察なめるなよ」

栗柄はゆっくりと右膝《みぎひざ》を上げると、そこに赤髪の顔を叩《たた》きつけた。鼻の骨が砕ける嫌な音がし、鮮血がコンクリートの床に飛ぶ。栗柄のスーツにも点々と血の染みがついていた。

赤髪は失神し、うつ伏せに倒れこむ。

栗柄はその染みに目を落とし、「あーあー」と顔を顰《しか》める。

「栗柄巡査!」

柿崎は乱れた髪を直しつつ、憤然として歩み寄った。

「何てことをするのです。酷《ひど》い暴力ですよ」

「ボス?」

「二人とも気を失っています。これはやり過ぎですよ。警察官として、もっと節度を持ちなさい」

「ボス、本官は一応、ボスの命の恩人だと思われるのですが」

「いったい、これはどういう事なのです？　説明して下さい」

「それは私も同じでありまして。ただし、目下の急務はここを脱出することです。ひとまず、この車を使わせてもらいましょうか」

　栗柄は柿崎の許可も得ず、ベンツの運転席に乗りこんだ。

「待ちなさい栗柄巡査、それは彼らが乗っていた、いわば証拠品なのでは……」

「今も申しました通り、一刻も早く、ここを離れる必要があります。緊急事態……いや、緊急避難ってことで、乗って下さい」

「緊急避難には該当しませんよ」

「ボス、栗柄一生のお願いですから、乗ってくださいませんか」

　有無を言わせぬ鋭い目で、栗柄は柿崎を見上げる。その目で睨《にら》まれると、気圧《けお》されてつい逆らえなくなる柿崎であった。

「後できちんと説明しなさい」

　助手席に乗る。シートベルトをする暇もなく、ベンツは急発進した。スロープを一気に上り、あろうことかバーを撥《は》ね飛ばし、地上へと躍り出た。素早くハンドルを切り、何事もなかったかのように、駅とは反対方向へ走り始める。バックミラーには近づいてくるパトカーの赤いライトが複数見えた。

「危ないところでしたな。ホテルは完全に封鎖です。もうすぐ刑事課の連中が駆けつけているところでしょう」

車は交差点を右折、町中を離れ樹海の方向へと向かう。

「まさか、『下り坂《くだざか》』に行こうとしているのですか?」

「そのまさかです」

「いけません。明日野《あけびの》さんは一般人です。巻きこむことはできません」

「俺も同じ思いですよ。ですが、こうなった以上、我々がどう行動しようと、明日野さんは巻きこまれる運命にあります。刑事課は放《ほう》っておきはしませんよ」

「何ということだ……」

栗柄は人目を避け、裏道を選びながら進んでいく。通り道にある地域課特別室のプレハブは、当然、大きく迂回《うかい》した。

「明日野さんの人脈については、ボスもご存じでしょう?」

三叉《みつまた》事件の際、豊洲《とよす》という若者を呼びだし情報を得た事を思いだす。

「困ったときの明日野頼みってね」

ぐっとハンドルを切り、一方通行の細道に入る。いったいどこを走っているのか、柿崎にはもう判断がつかなくなっていた。この界隈《かいわい》は地理を覚えるため、何度も自分で運転して巡回した区域なのに……。

栗柄は笑う。

「赴任して半年やそこらで、この界隈を理解したつもりになど、ならんこってす」

突然、右手に「下り坂」の建物が見えてきた。ガランとした駐車場の向こうに、ぽつんと明かりのともった窓が見える。

栗柄は駐車場の真ん中にベンツを急停止させた。

「俺はこいつを適当に処分して、別の移動手段を確保してきます。ボスはいったん、明日野さんの所へ」

「栗柄巡査、そのような違法行為をさせては、あなたの将来に……」

「俺に将来なんてないのは、ボス、あなたが一番良く判っているはずだ。俺は今しか見ていないんですよ」

「栗柄巡査……」

「さあ、早く行って。ここにもすぐ、警察がやって来ます。残り時間はせいぜい、三十分、いやもしかすると十五分かもしれない」

栗柄にせき立てられ、車から飛び降りた。ドアを閉める間もなく、車は急発進し、夜の道へと消えていった。

赤いブレーキランプから目を離すことができず、柿崎はそれが見えなくなるまでぼんやりと見つめていた。

「警部補殿」

肩を叩かれ、我に返る。

明日野が立っていた。

「とりあえず、中に入りませんか」

「明日野さん……」

ふいに涙がわいてきた。

三

「いやあ、災難でしたなぁ」

明日野は豪快に笑いながら、うどんをすする柿崎を見つめている。店内に女将《おかみ》さんの気配はない。巻きこまぬよう、遠ざけたのだろう。

うどんは薄味で、食欲の失《う》せた柿崎の腹にもするすると入っていった。出汁《だし》の温かさが身に染みて、また涙ぐみそうになる。

明日野は空になったどんぶりに目を落とし、言った。

「お代わりをさしあげたいところですが、残念ながら時間がありません。簡単でけっこうです。事と次第をお話しいただけませんか？」

明日野を巻きこんではならない。その思いは変わらずあった。しかし、栗柄の言う通り、自身の置かれた立場を考えると、もはや綺麗事《きれいごと》ばかり言っているわけにもいかない。

「恐らく、始まりは今夕、刑事課長から来たメールでしょう」

「課長から？　それは個人のアドレスからですか？」

「ええ。あなたがたにはまた笑われるかもしれませんが、まったく疑うことなく、メールの内容を信じてしまいました」

「メールの内容というのは、岸島智也のことですか？」

「ええ。内密に話がしたいと書いてありました。午後十時に、河口湖駅近くにあるバー『ヒドラ』に来いと」

「なるほど。あそこはＶＩＰルームがありましてね。密談にはもってこいなんですよ」

「十時ジャストに店に入りましたが、店内に見知った顔はいませんでした。仕方なく、カウンターでジンジャエールを頼み……」

明日野の目が光った。

「そいつを飲んだ？」

「ええ。酒ではないので、構わないかと思い……」

明日野は携帯をだすと、素早くどこかにメールを打った。画面から顔を上げた明日野はいつになく険しい表情になっている。

「続けて下さい」

「ジンジャエールを飲み終わる頃《ころ》、メールが来ました。場所を変えたいと」

「そして、あのホテルの、あの部屋を指定された」

「ええ。ホテル前まで行くと、男がいて、部屋のカードキーを渡してくれました。課長は少し遅れるので、先に入って待っていてくれと」

「男の風体は？」

「がっしりとした男で、年の頃は三十代半ば、ロングコートを着ていました。コートの襟をたてていたので、顔つきは定かではありません」

「ふむふむ」

明日野はうなずくが、呆《あき》れかえっているだろうことは想像にかたくない。

自分で話していても、何とも間抜けなことだと思う。メールが本当に課長からかも確認せず、指示に唯々諾々と従い、挙げ句、見知らぬ男にキーを貰《もら》って部屋に入ったのだ。

しかし、あのときは刑事課長との話し合いで頭がいっぱいだったのだ。こじれにこじれた刑事課との関係も何とかしたかったし、何より、課長のアシストがなければ、柿崎が東京に戻る目処《めど》もたたない。

必死になるあまり、何も目に入らなくなっていた——。

明日野が横目でちらりとこちらをうかがうと、明るい声で言った。

「まあ、そんな真剣に悩まんことです」

「いま悩まなくて、いつ悩むんですか？」

「この件が無事解決したらですよ。とにかく、話を続けて下さい。部屋に入り、警部補殿はどうされたんです？」

「指示通りにして部屋に入り、課長を待ちました。ですが、いつのまにか意識を失い、気がついたとき、部屋の中には……」

「死体があったというわけですな。岸島智也の」

「腹から血を流し、ベッドに倒れていました」

「意識を取り戻したとき、警部補殿はどこに？」

「床の上に倒れていました。最初に目に入ったのはベッドの縁《へり》からたれた、被害者の両足です」

「岸島は現在、保釈中でしたな？」

「ええ。あれだけの凶悪犯ですから、本来ならあっさり保釈が認められることなど、あるわけがないのですが……」

「議員である父親からの圧力——といったところでしょうか」

「そう考えていました」

「死体を見つけてからの行動は？」

「しばらく状況がつかめず、ぼんやりしていました。そこへホテルの従業員がやってきました。インターホンの音で我に返ったという次第です」

「なるほど。その従業員に、死体と一緒に部屋にいるところを見られた。さらに、慌てた警部補殿はその場から逃走した——」

「逃走って、私にそんなつもりはありませんよ。ただ慌ててしまって……」

「そんな言い訳が、警察に通ると思いますか？」

「通るも何も、それが事実です」

明日野はため息をつき、続けた。

「警部補殿、あなたが捜査官の立場だったとして考えてみて下さい。ホテルの部屋で死体が発見される。部屋の中には男が一人。男は従業員の隙《すき》を見て、慌てて姿を消した。しかも、死体は逃走した男とは因縁のある人物。捜査官として、あなたはどうします?」

「……それは、もちろん、逃走した男を第一容疑者として追跡します」

「つまり、そういう事がいま、起こっているわけです。残念ながら、警部補殿は追う側ではなく、追われる側ですがね」

柿崎の頭はさらに混乱する。

「それはつまり……どういうことです?」

「あなたは、はめられたって事ですよ。何者かにね」

は・め・ら・れ・た?

「いったいどうして?　なぜ私がはめられたりするのです?」

「それはまだ判りません。しかし……」

明日野の目が窓の方に向く。同時に車のエンジン音が聞こえた。「下り坂」の駐車場に入ってきたことは気配で判る。

明日野は素早く窓に近寄ると、目を細め表の様子をうかがう。

「早いな……」

ドアの開閉音が響く。音の様子からして、降り立ったのは三人。

柿崎は明日野にたずねた。

「三人ということは、栗柄巡査ではなさそうですね」

「厨房《ちゅうぼう》に入って、身を隠していて下さい。少なくとも、ここからは絶対に見えない位置に」

「それは、どういう……」

「早く！」

一喝され、柿崎は飛び上がった。泳ぐようにして厨房に駆けこんだが、器具が多い割に身を隠せる場所は見当たらない。流しの下にはスペースがないし、調理台の下には段ボールが積まれている。きちんと片付いているだけに、かえって身の置き所がなかった。冷蔵庫の中というわけにもいかず、右往左往している間に時間だけが過ぎていく。

正面の戸が開けられたのは、柿崎がガスコンロと壁の間にわずかな空間を見つけ、そこに身をねじこんだまさにその時だった。

「明日野さん、こんな時間なのにまだ起きていらっしゃいましたか」

聞き慣れた声に、柿崎は胃の腑《ふ》の辺りをぐっと締めつけられたような緊張を覚えた。土《と》佐《さ》巡査部長だった。ほかにも二人ほど部下を連れているようだ。

明日野のからりと乾いた声がする。

「誰かと思えば土佐か。どうしたんだ、いきなり」

その後は、沈黙が続いた。土佐と明日野、二人の間で腹の探り合いが続いているのだろう。

厨房の片隅で三角座りをしながら、柿崎はもうすべてをあきらめていた。到底、逃げ切ることなどできるはずもない。潔く出頭し、本当のことを話すのだ。そうすれば、いくらなんでも……。

「柿崎警部補の件、ご存じですよね」

土佐の冷たい声が響いた。

さっさとこの場を出て、姿を見せるのだ。相手が土佐であれば、そう手荒なこともしないだろう。出頭するなら、できるだけ早いほうがいい。

だが、体が動かなかった。恐怖に身が竦《すく》み、立ち上がることさえできない。こんな惨《みじ》めな場所で土佐に見つかり連行されるなんて、これほどの恥辱があるだろうか。

自分は殺人など犯していない。堂々と皆の前で、胸を張って、そう申し述べればいいではないか。

それでも、体は反応してくれなかった。指一本うごかない。また涙が出てきた。

「まあそう怖い顔をせず、座って下さいよ」

明日野の声が聞こえた。ここまで追い詰められて、彼はどうするつもりだろう。これ以上、柿崎をかばいだてすれば、彼の罪も重くなる。

椅子《いす》を引く音がした。その音から、席についたのは一人だけと判る。恐らく、土佐だろう。すぐに明日野の声がした。

「水家《すいか》巡査も万剛《まんごう》巡査も、座って下さい」

残り二人が誰であるかも判った。柿崎と近しい者ばかりだ。

「いえ、どうぞお構いなく」

水家の声が聞こえた。明日野と話をした後、彼らは家捜しを始めるだろう。どうせ見つかるなら、土佐に捕まった方が……。それでも足は動いてくれない。手足は血色を失い、柿崎は身を丸くしてただガタガタと震えるだけだった。

「で、ご用件は？」

明日野の声が沈黙を破った。対する土佐の声はいつも以上に落ち着いていた。

「柿崎警部補の件、ご存じですよね」

「ええ、まあ」

「まだ本格的な捜査が始まってもいないのに、相変わらず、地獄耳ですな」

「まあ、かつての上司ですからなぁ」

答えにもならない答えを、明日野は明るく言い放つ。

土佐のやけに大きな声が、その後に続いた。

「岸島智也殺害の現場から、柿崎警部補が逃走したことは、すでに確認済みです。ホテル従業員の証言、さらに、よほど慌てていたんでしょうなぁ、警部補は身分証を落としていかれましてね」

柿崎ははっとしてスーツの内ポケットを探る。そこに入れておいたはずの身分証は消えていた。
「ホテルの防犯カメラなどから、柿崎警部補が十時半にホテルに入り、部屋へと向かった
ことは確認済みです」
明日野が尋ねた。
「部屋の予約をしたのは、誰なんでしょうか」
「山田太郎という人物です。昨日の……いや」
土佐は言葉を区切った。どうやら時間を確認しているようだ。
「もう日付が変わっています。一昨日《おととい》の十六時に、ネットを使って予約をしています。間
違いなく偽名でしょう。調べたところ、住所もデタラメでした」
答えるわけがないと思っていた土佐の口から、すらすらと答えが出てきた。一方、明日
野もそのことを意外に思う風でもなく、落ち着いた様子で土佐に質問を重ねる。
「しかし、ネット予約だけで部屋のキーは貰えない。フロントに出向き、宿泊者カードに
記入しない限りは」
「昨日の午前十一時、二十歳《はたち》前後の若い男が、山田太郎を名乗り、カードに記入、カード
キーを貰っています。防犯カメラで人相も確認できたので、現在照会中ですが、身元特定
には至っておりません」
「岸島の手下である可能性もありますな」

土佐からの返事はなかった。しばらくの沈黙の後、口を開いたのは土佐だ。

「午後十時半、防犯カメラにはエレベーターに乗りこむ柿崎警部補が、はっきりと映っています。キーはホテル前にいた男に貰ったようですな。コートを着ていて、人相体格ともによく判りません。目下調査中です。そして午後十一時、岸島智也が一人でロビーに入ってきています。彼はそのままエレベーターに乗り、三階へ」

「岸島は一人で来たんですね？」

「ええ。一人で三階に上がり、一人で部屋に入っています。各階にはロビーと同じくカメラがあり、それで確認済みです」

「つまり、部屋には警部補殿と岸島しかいなかった……」

「そして十五分後、クレームを受けた従業員が部屋を訪ねたところ――」

「警部補殿が飛びだしてきて、一目散に逃げたか」

「ただ、このカメラは不具合も多くて、録画できていない時間もあるんですよ。犯行当日の午前にも、二度ばかり映像が途切れているところがありまして」

「ということは、その途切れている間に、何者かが部屋に入り、待ち伏せをしていた可能性もあるわけですな」

「ええ、ゼロではありません」

ここに至って、柿崎にも土佐の真意が読めてきた。彼は柿崎がここにいることを知っている。姿は見られていないが、逃走した柿崎が頼れるのはここしかないと、確信してのことだろう。

　土佐は柿崎がいると知りつつ、情報を与えているのだ。だから、水家、万剛という気心の知れた者だけを連れ、誰よりも早く、「下り坂」に現れた――。

　当然、明日野はもっと早くに気づいている。彼が土佐に対し、鷹揚《おうよう》に構えているのはそのためだ。

「それで土佐巡査部長、この後はどういう展開を見せるだろうかね」

「全力で柿崎警部補を追うことになるでしょう」

「しかし、殺害されたのは悪名高きチンピラ共のリーダーだ。恨みを持つ者や利害が絡む者だって多くいる。ここで警部補殿一本に捜査をしぼるというのは……」

「刑事課長が特別室のことを良く思っていないのはご承知でしょう？」

「ああ。三叉殺しのときも随分とやりあったと聞いている」

「刑事課の課員たちも多くが似たようなものです。前課長の一件がまだ完全に整理できておらんのです。特別室を恨むのは筋違いだとは誰もが判っているのですが……」

　明日野の声が沈む。

「私のせいでもあるんだよ。あの事件を掘り起こしたそもそもの発端は、私だからねぇ」

　土佐が語気を強めた。

「明日野さんが頭を下げることはない。あの男は冷酷な殺人鬼だった。逮捕されたのは、当然の結果です。あなたが捜査を始めなければ、ヤツは今でも我々を顎で使いながら、歪《ゆが》んだ欲望を満たしていたに違いないんです」

明日野は何も答えなかった。柿崎には、明日野の表情を見ることができない。「あなたは悪くない」と直接声をかけられないことがもどかしい。

椅子の鳴る音がした。土佐が立ち上がったようだ。

「あと十分もすれば、ここにも捜査員がやって来るでしょう」

「了解だ」

「柿崎警部補は警察だけでなく、岸島グループの残党にも追われています。ホテルの地下駐車場で栗……いや、何者かに殴打された二人は、グループの一員だとの報告が上がってきています」

「リーダーを逮捕されたうえ、今度は殺された。若くて未熟なヤツらだ。頭に血が上って、見境がなくなっているんだろうなぁ」

「もし柿崎警部補より連絡があったら、まず私にご連絡下さい」

「判ったよ。ありがとう。本当にありがとう」

三人の足音が遠ざかり、出入口の戸を開け閉めする音が続いた。静まりかえった店の中で、柿崎は震えていた。警察に追われ、岸島のグループに狙《ねら》われ、自分はこれからどうなってしまうのか。

岸島のグループに捕まれば、まず命はないだろう。暴行を受け、最後は樹海に捨てられるかもしれない。

警察なら、そこまではしない。法律に則《のっと》った取調べも行われるだろう。自身の潔白を主張する機会だって与えられる。やはりここは……。

「やめた方がいいですなぁ、警部補殿」

いつの間に入ってきたのか、流し台にもたれながら、明日野がこちらを見下ろしていた。

「警察に捕まった方が生き延びられる確率は高い。考えておられたのは、そんなところでしょうな？」

老獪《ろうかい》な元ベテラン刑事には、隠し事などできそうもない。

「しかし、私はやっていないのです。逃げ隠れせず出頭し、堂々と潔白を主張すれば……」

「主張できますか？」

「え？」

「警部補殿はホテルの部屋でいつの間にか意識をなくしたとさっき、おっしゃった。ならば、殺してないとは言いきれない」

「明日野さん、そんな……」

「殺しておいて、しらばっくれているだけかもしれない。記憶をなくしたふりをしているだけかもしれない。そう考える者は警察内にも多くいるはずです。あなたは既に逃亡者なんですよ。あなたが救われるには――」

駐車場に車が入ってくる音がした。警察かと身構えたが、やって来たのは一台だけのようだ。

明日野がニヤリと笑い、厨房を出て行く。床にへたりこんでいた柿崎も、ゆっくりと立ち上がる。ようやく手足が動くようになった。力を入れていたせいか、足も腕も凝り固まって、動かすたび関節が痛んだ。

銃を撃った後、指が固まって銃を放せなくなると聞いたことがある。そんなバカなと思っていたが、今ならば、よく理解できる。指先は血の気を失って真っ白であり、小刻みに震えてもいる。

めまいがしてステンレスの調理台に手をつこうとしたが、思ったように動いてくれない。台の縁で、手の甲をしたたかに打ちつけた。皮膚が裂け、電流のように痛みが走る。

また戸が開いた。手を押さえながら、そちらに目が吸い寄せられる。刑事課の面々が、冷たい目でこちらを睨んでいるのではないか。

「酷い有様ですね、ボス」

立っていたのは桃園《ももぞの》だった。普段はあまり感情を表に出さない彼女であったが、今は優しく微笑《ほほえ》んでいた。

「子供を預けていたので、遅くなりました。車も手配できましたから、出かけましょう」

「出か……ける？」

明日野が厨房に飛びこんでくると、桃園の前にまで引っ張って行かれた。

「警部補殿、しっかりしていただかないと困ります。ご自身の置かれている立場は、土佐の言葉で判ったでしょう。このままでは、特別室全員、おしまいです。いま、あなたがやることはただ一つ。お判りでしょう?」

「やる……べきこと?」

まるで頭が回らない。

「とにかく、桃園巡査、頼む」

明日野に背中を強く押され、店から出る。足はまだふらついていて、すべてに現実感がない。吹きさらしの駐車場に立っているというのに、寒さも何も感じない。

「さあ、ボス、行きますよ」

桃園が乗ってきたと思われる車は、白のスズキスイフトだった。桃園は軽快な動作で運転席に乗りこむ。

店の軒先に立つ明日野が声を上げた。

「警部補殿、早く乗って下さい。ここには絶対に戻らないこと。あと数分でここは警官だらけになります。しばらくは、私が引き受けますので、その間に動けるだけ動いて下さい」

明日野の手が、まだ柿崎の背を押していたようだった。ふらつく足でスイフトのところまで行くと、助手席に倒れこむ。桃園が身を乗りだし、ドアを閉めてくれた。

彼女は無言で車をスタートさせる。柿崎はシートにもたれながら、ウインドウの外を見る。「下り坂」の前にたつ明日野の姿がちらりと見えた。背筋を伸ばし、見事な敬礼をしていた。

四

「少しは落ち着きましたか、ボス」

桃園がきいてきた。エアコンのおかげで暖かな車内は、疲れ切った体をわずかだが癒《い》やしてくれる。

「ええ。多少は」

車は河口湖からさらに離れ、鳴沢《なるさわ》村方向に向かっている。ちょうど「道の駅なるさわ」へと通じる信号を渡ったところだった。対向車も人影もない。スイフトは法定速度を守りつつ、ちょうど人家の途絶えた闇《やみ》の中を抜けていく。

「桃園巡査、巻きこんでしまって、本当に申し訳ない」

「別に巻きこまれたとか、思ってないから大丈夫ですよ」

「しかし、息子さんもいるというのに……」

「そんなことより、土佐さんから大体のことは聞きましたよね。ボスはいま、相当、やばいですよ」

「明日野さんからも聞きました」

「栗柄巡査から、いくつか確認して欲しいと言われてるんですけど……」

「栗柄巡査！　彼はいまどこに？　車を処分するとか言って出て行きましたが」

「さあ。あの人にはあの人のルートがあるみたいですから。彼が何も言わずに出て行ったってことは、知らない方がいいってことですよ」

柿崎は頭を抱えたくなる。果たしてこれが、警察官同士の会話なのだろうか。法律を守り、市民を守るべき警察官の。

だが今は、杓子定規《しゃくしじょうぎ》に物を考える状況ではない。頭を切り替えるため、柿崎は桃園に言った。

「それで？　確認することというのは？」

「ボスはホテルの部屋でいつの間にか意識を失ったそうですね。その原因に心当たりは？」

柿崎は首を捻る。たしかに、川北《かわきた》殺しの際には、深緑荘《しんりょくそう》女将の怪しげなドリンクを口にし、一時的に記憶障害を起こした。だが今回は、そんなもの口にはしていない。唯一、口にしたのは――

「明日野さんにも言いましたが、ジンジャエールを飲みました」

「ホテルに行く前に飲んだんですね？」

「最初の待ち合わせ場所はホテルではなく、近くのバーでしたから」

「それは妙ですね。いきなり部屋に呼びつけず、バーで待たせたとなると……」

「ジンジャエールに薬が？」

「その可能性、濃いです。飲み物をサーブしたのは？」

「バーテンダーです」

「そいつか。防犯カメラのことといい、随分と周到に計画されていますね」

「そのバーテンダーを問い詰めたらどうです？　誰に頼まれたのか吐かせれば……」

「手遅れだと思います。もうとっくに飛んでますよ。あるいは、消されてるか」

「消されるって……」

「左遷されたとはいえ、警察官一人に殺人の罪をかぶせ、陥れようっていうんです。相手もそれなりの覚悟をしているってことです」

「それは大きな間違いです。いいですか、私は左遷されたわけではないのです」

「そこですか」

桃園は笑った。

「さすがボス。ちょっと安心しました」

ハンドル脇のホルダーに取りつけた桃園の携帯が鳴った。前もって設定しておいたのだろう、フリーハンドで会話を始める。

「はい、桃園。ボスも一緒よ」

「いやぁ、ボス、お元気そうで何より」

栗柄のガラガラ声が響いた。

「栗柄巡査⁉　あなた、いまどこにいるのですか？」

「とある場所におりますよ。壁に耳ありと申しますから、詳しくは言いませんが、桃園巡査が万事、心得ております」

桃園がバックミラーに目をやってから尋ねた。

「準備は万端ということ？　尾行はついてないようだけど」

「ヤツらの行動力に恐れ入ってたところだ。到着を心待ちにしているよ」

通話は切れた。

「桃園巡査、準備とは何です？　ヤツらとは？　行動力とは何の行動についてです？」

桃園は苦笑する。

「質問は一度に一つ。ボス、いつもそう言ってませんでした？」

「ボスはこうも言ってます。言い訳をしてはいけません」

「時と場合によります」

桃園はハンドルを左に切った。車は柿崎もよく見知った場所へと向かう。

民宿村。ヘッドライトが照らしだした先には、「深緑荘」の看板があった。


柿崎が女将に通された部屋は「富士見の間」だった。川北殺しの大騒動からまださほど日がたったわけでもない。それでも女将は柿崎をまるで初対面の客のように迎え、案内するときもややうつむき加減で決して目を合わせようとはしなかった。

それが女将なりの気遣いなのか、怪しげなドリンクを振る舞ったことへの後ろめたさなのか、あるいは、あえて見て見ぬふりをして、災いが飛び火するのを精一杯、避けようとしているのか。柿崎にはまったく判断がつかなかった。この道四十年と言われる老獪さには、とても太刀打ちできない。

それでも、進退窮まった柿崎たちに、こうして場所を提供してくれているのだ。その心遣いには感謝せねばならない。

女将はドアが閉まったままの「富士見の間」の前で立ち止まり、柿崎に入るよう促すと、そそくさと廊下を歩いて行く。

柿崎はその背中に向かって言った。

「ありがとうございます」

女将はふと足を止めると、背を向けたまま言った。

「樹海で何かあると、あなたがたがいつでも駆けつけてきてくれる。皆、感謝しているんですよ」

足音もたてず階段を下りていく女将を見送ると、柿崎は顎を引き、決然たる思いをこめて、ドアを開いた。

「いやあ、ボス、凜々《りり》しいお顔ですな。殺人の第一容疑者には見えない」

部屋の中には、あぐらをかいた栗柄一人だった。急須《きゅうす》から湯呑《ゆの》みに茶を注《つ》ぎ、テーブルの対面に置く。

柿崎は湯呑みの前に正座する。

「栗柄巡査、私は殺人の罪など断じて犯してはおりません。この濡《ぬ》れ衣《ぎぬ》、何としても晴らさないと、明日野さんやここの女将に迷惑がかかります。私は断固、戦います」

　栗柄はそんな柿崎をやや冷めた目で見つめる。

「その決意、大いにけっこう。しかし、ボスも何人か見てこられたでしょう。人殺しってのは、涼しい顔して言うもんなんですよ。私は殺人の罪など断じて犯してはおりませんってね」

「栗柄巡査……」

「いま、断固戦うとおっしゃったが、では、どうやって戦います？」

「それは……」

　柿崎は言葉に窮する。その反応は、栗柄にとって予想通りのものだったのだろう。

「ボス、もしまだ、出頭してきちんと説明すれば判ってもらえる、なんて考えているのなら、さっさと諦《あきら》めた方がいい。たとえ、殺人の濡れ衣を晴らせたところで、あなたの将来はおしまいだ。地域課特別室もなくなる。あなたに協力してきた者も同じ。ここの女将だって……」

「判っています」

　柿崎は栗柄を睨み据える。

「それ以上、言う必要はありません。楽観論は捨てました」

「ほほう。となると、これからどうなさるおつもりです？」

　挑戦的な視線を、栗柄は送ってくる。その目の奥には、どこか楽しんでいるような光もあった。その光には、応《こた》えてやらねばなるまい。

「真犯人を見つけだすのですよ。証拠をそろえ、真犯人を突きだせば、いかな厳格かつ体面を重んじる警察組織といえど、逆らうことはできないでしょう。私たちも、明日野さんも、この宿も安泰です」

栗柄は待ってましたとばかり、手を打ち鳴らした。

「さすがはボス。我々が認めた人だけのことはある。今の答えを聞いて安心しましたよ。ということで、さっそく、始めましょうか」

「始める？　何を？」

「真犯人捜しですよ」

「とはいえ、手がかりがありません。どこから攻めたらよいか……」

「手がかりはあるんです」

「どこに？」

「ここに」

栗柄は立ち上がると、押し入れの戸をガラリと開けた。後ろ手に縛られ、口にガムテープをはられた男が転がり出てきた。

その顔に柿崎は見覚えがある。

「この男は……例のバーテンダーですね！　しかし、桃園巡査の話だと、高飛びをしたか消されたかと……」

「我々もそう覚悟していたんですがね、高飛び前にとっ捕まえてくれたヤツらがいるんです」

警察や岸島グループより早く動き、このような荒事を素早くやってのける者——。

「誰です？」

「豊洲って若いヤツのこと、覚えていますか」

「もちろん。三叉たちの情報をくれた若者ですね。昔、明日野さんが世話をしたとか」

「彼らのような者が山梨県下には多くいます。そいつらが互いに連絡を取り、自発的に動いてくれたようなんです」

「しかし、豊洲君は……」

警察のネタ元にされたことを恨み、明日野と決別したのではなかったか。

栗柄はニヤリと笑う。

「まあ、彼らの絆《きずな》……絆って言葉大嫌いなんですがね……、我々が思っていたより深いようですなぁ」

バーテンダーは芋虫のように、柿崎たちの足下でもぞもぞ体を動かしている。

栗柄はその脇にしゃがみこみ、威圧的に見下ろす。

「数少ない手がかりが転がりこんできたわけですから、知っている事は洗いざらい、ぶちまけてもらうとしましょう」

「待ちなさい。まさか手荒な事を考えているのではないでしょうね？」

栗柄は「ふふん」と鼻を鳴らした。

「この男は既に十分、手荒に扱われています。これ以上、手荒に扱ったとて、同じ事でしょう」

芋虫が甲高いうなり声を上げた。額には汗が浮き、縛られた手首を闇雲に動かすため、皮膚が裂け、血が滲《にじ》みだしていた。

栗柄は言う。

「ボス、時間がないんですよ。きくべきことをさっさときかないと、私も含め、みんなおしまいだ」

「それはそうですが……。ところで、桃園君は何処《どこ》へ行ったのでしょう？」

「気になりますか？　彼女は今ごろ、静岡あたりを飛ばしているでしょう」

「静岡⁉　飛ばす⁉」

「私が運転していたベンツとスイフトを交換したんです。そこの駐車場で」

「ベンツは処分したのでは？」

「現場から逃げたベンツはナンバーも含め、手配されているはずです。こいつを使わない手はない。桃園はベンツを転がして県外へ出た」

「警察の目をそらそうというわけですか？」

「ちょっとした時間稼ぎにはなるでしょう」

「しかし、桃園巡査はどうするのです？　捕まったら、ただではすみませんよ」

「彼女のドライビングテクニックをあなどっちゃいけませんぜ、ボス。そこら辺の警察に捕まるようなヘマはしません」

「そういう問題ではないでしょう。彼女の将来はどうなります？」

「このまま黙っていても、我々の将来は暗闇ですよ。さてと、桃園巡査の努力を無駄にしないためにも、こいつから情報をききだしませんとね」

栗柄は手荒く男の口にはられたガムテープを引き剝《は》がした。もう柿崎の指示を仰ぐつもりもないようだ。

「た、助けてくれぇ」

男が金切り声を上げた。即座に栗柄の拳《こぶし》が振り下ろされる。頰を殴られ、唇の端から血が溢《あふ》れた。

「げふっ」

「声をだしちゃダメなことくらい、言わなくても判っていると思ってたよ」

バーテンダーだった男は涙目になって、柿崎を見上げた。助けを求めているのだ。

良い警官と悪い警官というわけですか。警察官として釈然としない部分は多々あれど、今は与えられた役割を全うするしかない。

暗い道を必死で運転する桃園の姿が頭から離れない。

柿崎は穏やかな口調で問いかけた。

「あなたは、私のことを覚えていますか？」

男は何も答えない。栗柄が髪を摑み上げ、歯を剝きだしてわめいた。

「テメエ、これ以上手間をかけさすと、素っ裸にして、樹海に埋めるぞ。この気温だ。全身斬《き》られるみたいに痛いはずだ」

髪から手を放すと、男の頭は力なく畳に落ちた。柿崎は再度、尋ねる。

「知っている事を話してくれれば、そんな目に遭《あ》わせたりはしません。どうです?」

男は力なく目を閉じたままだ。

栗柄がその耳元にささやいた。

「凍死ってのは、綺麗な死に方だと思ってるだろう? 違うんだなぁ。皮膚からじわじわと死んでいくんだよ。意識朦朧《もうろう》として幻覚を見る。こいつが恐ろしいんだ」

「栗柄巡査、いい加減にしなさい。確かに凍死は恐ろしい死に方ですが、何もいま、この人に伝える事はないでしょう。人には知らないでいた方が良いことだってあるのですから」

「頼まれただけなんです」

バーテンダーが柿崎の足に顔をすり寄せながら、叫んだ。

「相手が誰なのか、知りません。俺、ヤミ金に借金があって、それ帳消しにするからって言われて……」

「私に一服盛るようにとの指示は、どのように来たのです?」

「携帯に電話がかかって来たんです。非通知で、聞いた事もない声で……」

「かけてきたのは、男ですか」

「男です。頼みたいことがあるからと住所を聞かれました。教えたら、次の日、ポストに封筒が入ってて……」

「封筒の中身は？」

「あんた……あなたの写真とバーに来る日時。それと……カプセルに入った薬……です」

「それを私のグラスに入れろと？」

「メモ用紙にそう書いてあったんだ。あなたが誰なのか、薬が何なのか、俺は何も知らず……」

「つまり、薬が猛毒で、私がその場で死ぬかもしれない。あなたはそう思っていたわけですね」

「い、いや、そういうわけでは……その……まさか、こんな大事になるなんて思わなかったんだよぉ」

身をくねらせ許しを請う男を前に、何とも言えぬどす黒い怒りがわき上がってくるのを、柿崎は感じていた。

この軽さは一体、何なのだ。死ぬかもしれないと判っていて、見知らぬ男に薬を盛る。その結果がどのような事態を引き起こし、我が身にどんな災いが降り掛かるのか、それを想像する力もない。

自分は警察官として日々、何を守ろうとしてきたのか。

栗柄がこちらを見ている。その目には、柿崎とは対照的に、悟りきった穏やかさがあった。

そうか、彼はもうとっくに乗り越えているのか。この不条理の壁を。

「ボス?」

柿崎は腰を上げ、バーテンダーを視界から外した。

「彼に何を聞いても無駄なようですね」

「どうします? やはり埋めますかね」

男が悲鳴を上げる。

「あ、あんたら、警察官だろ。こんなことして……」

「その警察官に薬を盛ったのは何処の誰だ? おまえを埋めたところで、誰も捜しはしない。死体が見つかったところで、警察は捜査しない。警察ってのはな、身内を大事にするんだ」

怯《おび》えきったバーテンダーの男は柿崎の足にすり寄る。言葉はもはや出ず、ヒーヒーと喉《のど》の奥が鳴るだけだった。

「栗柄巡査。放してやりましょう」

「え?」

栗柄は太い眉をハの字にして、こちらを見た。柿崎は続ける。

「どこへ逃げようと、この男の自由です。もしかすると、追っ手に捕まり、樹海に埋められる以上の酷い目に遭うかもしれない。それは自業自得です。ただ、それを行うのは我々の役目ではない」

「しかし……」

「封筒も写真も、もう処分しているでしょう。薬、恐らく効き目の強い睡眠剤でしょうが、入手ルートをしぼりこむことはできないでしょう。市販薬の可能性もありますからね。ならばもう、この男に関《かか》わる理由などないわけです。放してやりなさい」

「しかし、それでは……」

「とりあえず、今晩はここに泊まり、対策を練りましょう。ですがまずは、男を放してやりなさい。これは上司としての命令ですよ」

栗柄は無言のまま、手荒くバーテンダーの手足を縛る紐《ひも》を解《ほど》く。男は自由になった手をゆっくりと回す。全身はまだ震えており、歯の根がかみ合っていない。唇の端からはヨダレが垂れていた。

栗柄が男の尻《しり》を蹴《け》り飛ばし、ドアを開けた。

「さっさと消えろ」

男は四つ這《ば》いのまま、廊下の暗がりへと転げていく。階段を踏み外しながら駆け下り、不規則な足音が完全に消えるまで、栗柄と柿崎は動かなかった。

どのくらいの時間、その場に佇《たたず》んでいただろうか。柿崎は深いため息と共に、顔を上げ栗柄に問うた。

「さて、私はどうすればいいのでしょうか」

男を解放させた柿崎に、さぞ立腹しているだろうと思っていたが、栗柄の表情はなぜか明るかった。

「ボス、あなたはやっぱり見こんだ通りの人でしたよ」

「それは、どういうことです?」

「宿の駐車場に行きましょう。今夜は忙しくなりますぜ」

五

柿崎は決して広いとはいえないスイフトの助手席で身をよじった。運転席には、大柄な栗柄が座る。

「深緑荘」東側にある専用駐車場である。ギリギリ五台を駐められるスペースがあり、三方を金網で囲われている。その外側には樹海が迫っており、昼間でも薄気味の悪い、寂しい場所だった。駐まっているのは、スイフトだけで、残りのスペースを、たった一つの街灯がぼんやりと照らしている。

時刻は午前二時を回り、車内の冷えこみも極に達していた。しかし、エアコンをつけるわけにはいかない。またウインドウが曇ることを防ぐため、温かな飲み物を用意するわけにもいかなかった。

時計の進みは遅く、ほんの数分が一時間にも思えてくる。

柿崎がため息を何度もつく間、栗柄は石像と化したかのように動かない。普段、柿崎に向けるのとはまったく異質な、凶悪な光を帯びた目で、ウインドウの外に広がる闇を見つめている。声をかけるのもためらわれ、これから為《な》すべきこともよく判らぬまま、またため息をつく柿崎だった。

ようやく動きがあったのは、気詰まりな車内で三十分ほどを過ごした後だった。

古びた軽トラックが一台、低速で駐車場に入ってきた。ヘッドライトは消しており、出入口脇に駐車線を無視して斜めにつける。

ドアが開き、二人の男が出てきた。視線は柿崎たちの方を向いている。二人とも全身黒ずくめであり、顔も黒の目出し帽で覆われている。上背があり、均整の取れた体つきだ。

「ようやくお出ましか」

栗柄が車に乗ってから、初めて口を開いた。ドアを開け、外に出る。柿崎はどうしてよいかも判らず、ドアから吹きこんできた風に身を縮める。

軽トラックの男二人は、姿を見せた栗柄に一瞬怯《ひる》んだように見えたが、すぐに肩を並べて近づいてきた。

たまらず、柿崎も外に出る。

男二人は足を止め、栗柄と五メートルほどの距離を取ってにらみ合っていた。

「栗柄巡査、これはどういうことです？」

「ボス、予定通りでさぁ。あのバーテンダー、あっさり俺たちを売りやがった」

「は？」

あの哀れな男性。柿崎が温情をかけ、解放してやったというのに。

「我々を売ったとは、どういうことです？」

「言葉通りの意味ですよ。解放されるとすぐ、雇い主に連絡、ボスがここにいることを知らせたってわけですよ」

「そんな……」

「小悪党の考え方を、ボスも理解する必要がありますな。もっとも、こっちとしてはそうなることを見越して、ヤツを解放したわけですが」

「見越してとは？」

「バーテンダーは下っ端だ。依頼人の名前なんて本当に知らない。知っていたとしてもせいぜい連絡先くらいだ。でも、裏切って口を割ったと知れれば、命はない。となれば、我々の居所を売る。それが小悪党の算段ですよ。で、ヤツからの情報を受けて、こいつらが派遣されてきた。新しい手がかりのお出ましですよ。ヤツらはバーテンダーよりワンランク上だ。依頼人を知っているかもしれない。フフフフフ」

男二人が顔を見合わせる。目出し帽のせいで表情は判らないが、栗柄の言葉に苛立っていることだけは判った。

右側の男が柿崎を指さし、首をかき斬る動作をした。左側は愉快そうに肩をすくめてみせる。

栗柄は笑いながら、柿崎を振り返った。

「警察官相手に、こんな舐《な》めた真似《まね》をしてますよ、こいつら。どうします？」

「どうしますと言われても……」

「警察官たるもの、彼らに社会人としての礼節を教えてやりなさい――」

栗柄は柿崎の口調を真似ながら言った。柿崎が聞いても、よく似ていた。

「栗柄巡査、ふざけるのは止《や》めなさい。全然、似ていませんよ」

「そんなことはないと思いますぜ、ボス。飲み会の余興では大層、人気があるんです」

「あなた、飲み会でそんなことをやっているんですか？」

「桃園なんて、もっと酷いことやってますぜ」

「おまえら！」

右側の男が怒鳴った。

「何、勝手に喋って……」

「うるせえ！」

栗柄が右腕を振りかぶり、オーバースローのモーションで何か白いものを投げた。

「ギャイン」

男の体がふわりと浮き上がり、そのまま地面に叩きつけられた。横たわる男の顔の脇には白く丸いものが転がっている。よく見ると、それは野球のボールだった。

栗柄が言った。

「中学生のとき、甲子園に行きましてね。その時、手に入れたサインボールです」

「誰のサインです?」

「藪《やぶ》」

「知りませんね」

「そんなバカな。暗黒時代の阪神《はんしん》を支えた孤高のエースで、大リーグにも行きましたぜ。ああ、ボス、あなたのような高慢ちきな人間は大抵、讀賣《よみうり》のファンですな。あの鼻持ちならぬ金満球団の……」

「野球には興味がないので見ないのですよ。それよりも、あなたが投げたのは硬球ですか?」

「もちろん。藪のサインボールですから」

「藪も富士そばも関係ありません。それよりもあなた、いいフォームでしたね」

「高校までやってたんです。ピッチャーでね。今も一四〇は出ます」

「一四〇キロの硬球を、あの男にぶつけたのですか?」

「ええ。だから、ギャインって叫んでいたでしょう?」

「死んだらどうするんです」

「別に構わんでしょう。もう一人いるんだから」

栗柄は冷酷な笑みを浮かべながら、つっ立ったままのもう一人に目を向けた。

しかし、男は怯んだ様子も見せず、体からは柿崎にも察することができるほどの殺気を放っている。

「栗柄巡査、ボールはもう一つ持っているのですか？」

「バカを言わんで下さい。藪のサインボールをいくつも持ってるわけないでしょうが」

「サインボールでなくていいんですよ。何か、そのぅ、投げるもの」

「生憎《あいにく》、何も」

男が腰の辺りに手を回し、短い棒のようなものを取りだした。手慣れた様子で一振りすると、棒先が伸びた。特殊警棒だ。長さから見て二十一インチのものだ。

男は柿崎には目もくれず、まっすぐ栗柄に向かう。

「参ったね。こっちは丸腰だ」

「栗柄巡査、何とかしなさい」

「俺は何ともできませんが、もう一人が」

「もう一人？」

「深緑荘」の陰から、するりと何かが滑り出てきた。ほっそりとしたシルエットから女性だと判る。女性はしなやかな足取りで街灯の下に立つ。

桃園だった。

「あなたは、車を転がし……いや、運転して静岡へ行ったのでは？」

桃園は明るく微笑んだ。

「ボスを置いて、他県に行くわけないじゃないですか。あれはバーテンダーに聞かせるためのウソですよ。あ、ベンツは友達が本当に転がしています。今は静岡の富士《ふじ》市にいて、パトカー二台の追跡を振り切ったところのようです」

ずいぶんと派手にやっているらしい。

「それで、あなたは？」

「ちょっと隠れて、いろいろやることがあったんですよ。それより栗柄巡査、何なのよ、あのいい加減なやり方は。藪のサインボールとか、まじめにやりなさい」

「やってるだろう」

「あの男を見て。倒れたまま動かない。死んだらどうするの？」

「樹海に捨てる」

「……まあ、それでいいか」

「よくないでしょう！　死体が見つかって、捜査するのは我々ですよ」

柿崎は叫んだ。栗柄は笑い飛ばす。

「見つかるような初歩的なミスをするわけないでしょう。樹海は俺たちにとって庭ですぜ」

「そういう意味で言ったのではありません！」

特殊警棒を胸のあたりまで振り上げたままの男は、藪のボールに倒れた男同様、激怒しているようだった。

「何だ、テメエら。なめやがって」

桃園がツカツカと前に出る。右手にはいつの間にか、三十センチ足らずの短い棒が握られていた。街灯の光で見た限り、警棒などではなく、木製のただの棒だ。桃園はそれを指先でクルクルと回しながら、特殊警棒の男に近づいていく。

「女だからってな……」

男は警棒を振り下ろす。桃園は半身になってかわしたが、男はすぐに警棒を横になぎ払う。

桃園は短棒を両手で持ち、それを受け止めた。棒と棒がぶつかる嫌な音がして、二人の動きが止まる。力比べなら、男の方に有利だ。

柿崎は栗柄に言った。

「巡査、加勢しなさい」

「ボス、そんなことをしたら、後でお仕置きされますぜ」

桃園の細い腕がヘビのようにくねり、短棒が細い指の上でクルクルと回る。気がついたとき、男の右腕は桃園の腕と短棒に絡め取られ、手首があらぬ方向に曲がっている。力をなくして手から警棒がこぼれ落ち、地面で乾いた音をたてた瞬間、短棒に強く捻りが加わり、男の骨が砕けた。

男が悲鳴を上げようとしたときには、桃園が背後に回り、短棒で喉元を締めつけている。悲鳴はくぐもったうなり声に変化する。

激痛と呼吸のできぬ苦しさに、男の顔は酷く歪み、目はこぼれ落ちんばかりに開かれている。

桃園の細い足がすっと前に出て、つま先が座りこんだ男の股間《こかん》にそっと当てられる。

栗柄はその様子を見て、楽しげに笑う。

「あれは三重苦ですなぁ。俺なら狂って死んじまう。きつく踏んでくれるならまだ耐えようもあるが、やさしくつま先でさすられたんじゃあ、もう正気が保てない」

事実、男は脂汗を流しながら、犬の遠吠《とおぼ》えとも、イノシシのうなり声ともつかぬ声でうめいている。

柿崎は車の脇を離れ、桃園に言った。

「その辺にしておいたらどうです。彼らには尋ねねばならないことがあるのでしょう?」

桃園は不満そうに顔を顰めた後、荒々しく縛めを解いた。

「ボスがそう言うなら」

「いや、私が言わなくても止めなさい」

柿崎はうつ伏せに横たわり、大きく肩を上下させている男に近づく。

「あなた、どうして我々を狙ったりしたのです?」

姿を見せた時の気迫は跡形も無く消し飛び、男はか細い声で「すみません」と二度、繰り返した。

桃園が無言のまま、男の覆面を剝ぎ取る。これといって特徴のない、色白の顔だった。

特徴は目が大きいくらいで、とにかく地味な見た目だ。

　近づいてきた栗柄が言う。

「わざわざ覆面なんぞしなくても、こんな地味な顔、誰も覚えちゃいない」

「そこが付け目なのかもね」

　桃園が剝いだ覆面を投げ捨てた。ボールを頭に当てられた男は、今も身動き一つしない。

　柿崎は地味な男の脇にしゃがみ、質問を続けた。

「あなたがたをここに寄越《よこ》したのは、誰なんですか？」

「し、知らない」

「知らない人間から、警察官の殺害を依頼され、あなたがたは引き受けた？　随分と適当ですね」

「違う。殺せとまでは言われていない。生かしたまま連れてこいとだけ」

　栗柄が顔を顰める。

「生かしたままか。鯛《たい》か平目じゃねえんだよ、こっちは」

「竜宮城《りゅうぐうじょう》……」

　桃園が何か言いかけて口を閉じる。柿崎は続けた。

「何処に連れて行けと言われたのです？」

「判らない。連れだしに成功したら、連絡することになっていた」

「連絡方法は？」

「この携帯で」

男のポケットを探ると、使い捨て携帯があった。

「これは都合がいい。では、お出ましいただこうじゃないですか、雇い主に」

「へ？」

「連絡して下さい。柿崎と栗柄を捕まえたと。そして指示を受けて下さい」

柿崎は顔を上げ、栗柄を見る。彼は白い歯を見せて笑うと親指を立てた。

六

民宿村を出て国道をしばらく進む。信号を越え、次の十字路を右折する。曲がりくねった山道を少し登ったところで舗装道路が途切れ、そこからは小石が転がる荒れた道となった。大きなバウンドを繰り返し、軽トラックはさらに五分ほど道を上る。道の両側には金網フェンスがはられ、その向こうは草だらけの荒れ地である。

深夜三時過ぎ、ヘッドライトの明かりだけではあまりに頼りない場所を、柿崎は必死にハンドルを切って進む。男たちから奪った目出し帽のせいで、視界がきかず、空気が蒸《む》れて息苦しい。

「いったいどうして、私が運転手役なんですか」

「何が起きるか判りませんからなぁ。私はいつでも動ける態勢を取っておきたいんです」

助手席の栗柄は腕を組み、じっと前を睨んでいる。

「この道の先にはゴルフ場の建設予定地がありましたなぁ。計画自体はとっくに頓挫《とんざ》して、今は荒れ地が広がるだけの場所になっとりますが」

「ええ。イノシシなどが繁殖して、害獣駆除の予算に苦労していると、聞きました」

タイヤが地面のへこみにはまり、大きくバウンドする。

「ボス、気をつけて下さいよ。荷台には桃園がいるんですから」

「判ってます」

荷台には倒した二人の男と桃園が、ビニールシートにくるまっている。ボールをぶつけられた男は、意識はないものの、死んではいないことが判った。もう一人は桃園に痛めつけられたショックから戦意喪失状態であり、抵抗する様子もなく、後ろ手に縛られたまま硬い荷台に横たわっていた。桃園は自慢の短棒を手に、シートで自身の身を隠しつつ、二人を監視しているのだった。

山肌にそって大きく左に曲がった先に、何もない開けた空間が現れた。本来なら駐車場となるべきはずだった場所だ。

「何もないし、誰もいませんねぇ」

柿崎は首を傾《かし》げる。

「深緑荘」の駐車場で、あの男は携帯で確かに雇い主と連絡を取った。電話に出た相手は、この場所に、柿崎たちを連れてくるよう指示したのだ。

「栗柄巡査、相手の正体はいまだ不明ですが、果たして黒幕は誰なのでしょう?」

「今の段階では何とも言えませんなぁ。唯一確かなことは、黒幕の狙いは、ボスをはめることにあるってことです。となると、考えられるのは二つ」

「一つは岸島吉悦《よしえつ》ですね」

「不出来な息子の尻拭《しりぬぐ》いをしてきたものの、殺人で逮捕というのは、さすがに限度を超えている。このまま有罪が確定すれば、父親もおしまいだ」

「そこで息子を殺し、私を犯人に仕立て上げる」

「死人に口なし。息子の逮捕は誤りだったと持って行けば、被害は最小に抑えられる」

「子供殺し……。岸島智也は悪人でしたが、何ともやりきれませんね」

「ボス、私はもう一つ、徳間組《とくまぐみ》陰謀説をとりたいんです。岸島グループと徳間組は薬物売買を巡り対立関係にあった。それでも、徳間組は岸島吉悦が怖くて手がだせない。完全にメンツを潰《つぶ》されたわけです。そこに、岸島逮捕の知らせです。衰えたとはいえ、徳間にはまだ策士がたくさんいる。岸島を殺し、ボスを犯人に仕立て上げる。当然、グループのヤツらは敵討《かたきう》ちとばかりにボスを狙う。血の気の多いヤツらばかりですからね。そうなれば、警察は本気でグループに対し牙《きば》をむく。岸島グループ残党はあっという間に壊滅する。となれば……」

「あとは再び、徳間組の天下ですか」

「あくまでも推測ですが……ね」

「私の考えも聞いていただけますか」

「どうぞどうぞ、ボス。ご自分の考えが持てるようになったなんて、いやぁボス、進歩、いや、進化です」

「お世辞はいいのです」

「いや、お世辞では……」

「とにかく聞いて下さい。私はあなたが言っていたことがとても気になるのですよ」

「私、何を言いましたか？」

「もう一人の黒幕のことです。岸島グループにはもう一人黒幕がいて、岸島の後釜《あとがま》にという」

「ああ。しかし、あれはあくまで勘でしてね」

「ただ、岸島が逮捕されてからの残党の動き、実に巧妙だとは思いませんか？　川北殺しにしてもそうです。金に窮している旧友を使い、殺させる。今回の件にしても、岸島の残党は実に動きがいいのです。地下駐車場で二人組に襲われたでしょう？」

「金髪と赤髪ですな」

「彼らは警察よりも先に、私が岸島を殺害したと嗅《か》ぎつけ、やって来た。彼らはどこから情報を得ていたのでしょうか」

「なるほど。一理はありますな」

「私は一連の動きは、岸島グループによるものではないかと考えているのです。岸島よりも頭脳明晰《めいせき》な何者かが彼の後釜に座り、グループを動かしている」

「岸島を殺す動機はどうなります？」

「口封じですよ。取調べでは岸島は口を割らなかったようですが、今後、どんなはずみで仲間の名前が漏れるか判らない。それに、岸島はもう用済みです。影響力を早くなくすためにも、殺害してしまいたかったのでしょう」

「その犯人として、ボス、あなたを陥れる。たしかに、やり口としては綺麗ですな。まあ、正解はもうすぐ判りますよ。嫌でもね」

「しかし、大丈夫なんですか？　我々は三人だけ。誰がやって来るにせよ、多勢で取り囲まれたりしたら……」

「その心配はないと思いますぜ。岸島が殺され、最重要容疑者は警察官。この界隈は引っくり返るような騒ぎになっているはず。そんな中、どちらの組織も大部隊を動かすような真似は控えるはずです。嫌でも目立ちますからね。だから、来るとしても最小限の……」

栗柄の目が素早く左右に動く。同時に、背後の荷台から、コンコンと合図があった。桃園からだ。

栗柄が言う。

「ボス、こいつはまずいことになったかもしれませんぜ」

「まずいこと？　これ以上、まずいことがあるのですか？」

「最悪なことってのは、世の中に満ちあふれているんでさぁ。底を打ったと思っても、まだまだ沈む」

「栗柄巡査、行って！」

桃園の鋭い声が空気を裂いた。同時に、ゴトンと重いものが地面に当たる音も聞こえる。外を見ると、荷台にいたはずの男二人が、地面に横たわっている。桃園が荷台から放りだしたに違いない。二人とも身をくねらせ、何か意味不明の言葉を叫んでいる。

柿崎は言った。

「ボールが当たった男、喋っていますよ。あれなら大丈夫ですね」

「その言葉はぜひ、ご自分のために使っていただきたいですな」

栗柄がアクセルを踏みこみ、ハンドルを大きく切った。

流れる闇の中から、目もくらむ光の輪が次々と現れる。思わず目を閉じた柿崎の耳に、拡声器を通じ、よく知った声が響いてきた。

「抵抗は止めろ」

酷く割れてはいるが、土佐の声に違いなかった。薄く目を開いた柿崎は、空き地の奥に数台の車両が並び、ヘッドライトをこちらに向けていることを見て取った。光の輪は、ヘッドライトか。

「一《いち》か八《ばち》か。桃園、摑まってろ！」

栗柄は軽トラックの向きを百八十度変え、来た道を戻ろうとする。そんなことは向こうも予測済みだ。茂みの陰に隠れていた車両二台が、左右からそれぞれ飛びだしてくる。空き地に来るまでの道は車一台が何とかすれ違えるほどの広さだ。二台で塞《ふさ》がれれば、万事休すである。

左右から迫る車。だが栗柄はアクセルを緩める気配がない。逆にスピードを上げながら、唯一の脱出路に向かって突っこんでいく。

「く、栗柄巡査、無茶だ」

「こういうの、好きなんですよ」

「好き嫌いの問題じゃなぃぃぃぃ」

柿崎は叫びながら、目を閉じた。

金属のへしゃげる嫌な音が響き、軽トラックは激しく揺れる。それでも、スピードは緩むことなく、曲がりくねった道へと突入していた。

「間一髪と言いたいですが、サイドミラーとヘッドライトを二個ともやられましたねぇ」

車は真っ暗闇の中をひた走る。

「桃園、生きてるか」

「何とかね」

「あと一秒遅れてたら、やばかったな」

栗柄の目は活《い》き活《い》きと輝いている。

「今でも十分やばいわよ。ボス、後ろを見て下さい」

柿崎が振り返ると、複数のヘッドライトと赤色灯が夜を彩っていた。

「すぐ追ってくるよ！」

栗柄が柿崎を見て言った。

「下りきった先にも何台か待ち構えているでしょう。ボスはここで降りて下さい」

「何ですって？」

「ここで降りるんです。俺たちはこのまま進んで、ヤツらを引きつけます」

「引きつけるって……」

「警察……まあ、俺たちも警察ですけど、刑事課のヤツらは一枚上手だったようです。どうやったのかは判りませんが、俺たちの動きを摑んでいたようですな。敵陣に乗りこんだつもりが待ち伏せを食らって泡を食っている。それが今の状況です」

「しかし、なぜこんなことに」

「さあ。それはまた後で考えましょう。後があればですがね。さあ、降りて下さい」

車が速度を緩めた。シートベルトを外した柿崎だったが、すべての動きはそこで止まってしまう。

「ここで降りて、私はどうすればいいんです？」

「そこは申し訳ないですが、ご自分でご判断いただかないと」

「そんなこと言われても……。『深緑荘』に戻りましょうか。あそこには、乗り捨てたままの車もありますし」

「土佐たちが見逃すわけがありません。とっくに警察の一団に取り巻かれていますよ」

「では、明日野さんのところ……」

「明日野さんに言われませんでしたか？　『下り坂』に顔なんかだしたら、飛んで火に入るってヤツですよ」

「ですが、どうして土佐巡査部長が？　彼は『下り坂』で私の逃亡を援助してくれたんですよ」

「さっき、犯人に関する二つ、第二の黒幕説を入れると三つの可能性をあげましたな。実は四つ目があるんですよ」

「もしかして、警察犯人説ですか？」

「ボス、素晴らしい。理解が早い」

「刑事課長が犯人なら、何もかもがシンプルです。私を呼びだし、濡れ衣を着せることも」

「岸島の口を封じれば、岸島吉悦に恩を売れる。岸島グループも壊滅に追いこめる。そしてそして——」

「地域課特別室を解散に追いこめる」

「そう、それ‼」

桃園の声が響く。

「時間がない。早く！」

栗柄はどこか寂しげに笑った。

「ご無事を祈ります。失礼」

車を急停止させると、運転席から身を乗りだし、助手席のドアを中から開く。そして太く大きな足で、柿崎を蹴り、車外へと押しだした。地面に放りだされた柿崎は緩やかな斜面を転がり、背中を金網フェンスに打ちつけた。痛みに唸りながら顔を上げると、車はカーブの向こうに既に消えていた。ブレーキランプの名残も見えない。反対方向からは、パトカーのサイレンが雪崩《なだれ》のように近づいてくる。

柿崎は金網フェンスにとりつくと、登り始めた。足を上手く引っかけることさえできれば、この手の運動が不得手な柿崎でも、比較的容易に登れる。

高さは二メートルほど。登り始めてすぐに、自身が思っている以上に体がよく動くことに気がついた。運動は子供の頃から大の苦手であり、体育はいつも理由をつけては見学に回っていた。水泳は今もって十五メートルほどがやっとだ。短距離走はいつも下から数えた方が早く、長距離走は完走できれば誉《ほ》められた。

そんな自分が、グイグイと体を引き上げ、軽やかにフェンスを乗り越えようとしている。数ヶ月に及ぶ樹海での「特訓」が、成果となって現れているのだ。

柿崎が着地し、生い茂る雑草の中に身を隠したとたん、目の前の道をけたたましい音をたてて数台の車両が通り過ぎた。さらに、斜面の下の方からは、何やら人の怒鳴り声が聞こえてくる。栗柄たちが封鎖を突破しようとしているに違いない。

部下たちを危険な目に遭わせ、自分だけ安全圏に身を置いている。何とも不出来な上司である。

いや、安全圏ではないな。すぐに思い直す。

栗柄たちが摑まれば、柿崎がいないことはバレる。土佐たちは、すぐに「山狩り」を始めるだろう。

まずは斜面を下り、道に出ることが肝要だ。

柿崎は自分の背より高い雑草をかき分けつつ、斜面を駆け下っていった。方向も定かではない。位置を確認しようと携帯をだそうとしたが、入れたはずのポケット内には見当たらなかった。位置を辿《たど》られる。栗柄が取りだしたに違いない。考えてみれば、携帯を持っていれば、GPSで位置を辿られる。最近は電源を切っていても追跡されるらしい。栗柄の判断は正しいと言えた。しかし、これでは方角はおろか、時刻すら判らない。

携帯に依存するというのも、考えものですねぇ。

そんなことを思いながら、ひたすら下っていく。地面は比較的柔らかい土で、岩などもない。足を取られ転倒する恐れもあまりなかった。

ゴルフ場建設予定地へと向かう山道は、斜面を蛇行しながら続いていた。

斜面をまっすぐに下りたのでは、何度も道を横切ることになる。細い道とはいえその間は身を隠す術《すべ》もなく、土佐たちのことだ、どこかに見張りを置いていないとも限らない。

道に出会うたび、そこを迂回し、さらに草木の生い茂る斜面を下る。

それを何度か繰り返すうち、服は枝に引っかかるなどして裂け、手や履いているスニーカーも土まみれとなってしまった。さすがに息が上がり、白い息がフラフラと上がっていく。気温は低くとも、柿崎の全身は汗で濡れていた。上に着ているのは、男たちから剝ぎ取った伸縮性に富んだタイツ状の服だ。あちこちが破れてはいるが、動きやすく、黒一色のため身を隠すにも最適だった。しかし、その下に着ているのは綿のシャツとトレーナーだけだ。汗を吸った綿が肌にはりつき、体を冷やす。

樹海用の装備には、ウール生地のアンダーウェアがある。それを着用したかったが、装備一式はプレハブの中だ。特別室の本拠であるから、とっくに警察の手で押さえられているだろう。

結局、栗柄が急遽《きゅうきょ》手配してくれたものを着るしかなかった。

それでも、ないよりは遥かにましですよ。

栗柄への感謝をこめ、一人つぶやく。

道が平らとなり、生い茂っていた草木も姿を消す。柿崎が出た場所は、コンクリートで固められた広大な敷地の一角だった。

柿崎は頭の中の地図を辿る。半年前までは割烹《かっぽう》料理屋があった場所だ。駐車場完備の大きな店だったが、折からの不況で潰れ、店は取り壊された。その後の紆余曲折《うよきょくせつ》は知るよしもないが、新たな建物が建つ様子もなく、寒々としたコンクリートだけが広がっている。

「国道沿いの一角でしたね」

ようやく、自身の位置が確認できた。

しかし、これからどうすべきか。ぐずぐずしていれば、この周辺も封鎖されてしまうだろう。

部下たち全員と離れ、自分だけで判断をしなければならない。

案の定、妙案は何も浮かばなかった。

とりあえず、逃げよう。

道に出て、移動の手段を探す。その後は……。

気ばかりが焦って、考えに集中できない。

国道と言っても、午前四時近くだ。人の気配も通りかかる車もない。

道を挟んでいくつかの民家があるが、明かりはすべて消えており、物音一つしない。民家のさらに向こうには、夜よりも暗い広大な空間が広がる。樹海だ。

しばし暗闇を見つめているうち、ふらふらと足が前に出た。樹海に入るには、ここから五分とかからない。

心の中に「死」という文字が大きく浮かび上がった。ひどく魅力的な選択に思えた。あそこに敵はいない。柿崎を優しく抱擁《ほうよう》してくれるに違いない。

強烈なブレーキ音で、我にかえった。柿崎は道の真ん中にいた。

「危ないじゃないか」

ヘッドライトをつけたままの自動車が停《と》まっている。柿崎を見つけ、急ブレーキを踏んだようだ。声を発したドライバーの顔は、シルエットと化していて見ることができない。

ライトに目を細めつつ、柿崎は徐々に己を取り戻していった。

私はいま、魅入られていたのか。

樹海に。

もしこの車が通りかからなければ、樹海の奥深くに踏み入っていたに違いない。それは、死の道行きを意味する。甘美に思えた選択が、今は恐怖を伴った悪寒となって柿崎の背を駆け上がっていた。

「大丈夫ですか？　酷い顔色です……あれ？　あなた柿崎警部補じゃないですか？」

ドライバーが言った。そう言われても、声だけでは、誰か判らない。

警戒しながら距離を取っていると、ドライバーは前に進み出て、顔をライトの方に向けた。

「君は……」

名前が思いだせない。

「当麻《とうま》です。当麻六郎《ろくろう》」

「土産物《みやげもの》店の店員さんですね」

「ええ。いつもお世話になっています」

「いや、お世話になっているのは、こちらです。しかし、こんな時間に何をしているのです？」

「深夜のドライブですよ。ボク運転が好きなんで、休みの前の日はこうして夜通し走るんです」

　ヘッドライトをこうこうと点《つ》けて停車しているのは、ボルボのSUV車XC40だ。車体は洗車したばかりと見えキラキラ光っており、タイヤも真新しい。

「これは君の車ですか？」

　当麻は鼻の頭を掻《か》きながら言った。

「ええ。無理して買っちゃいました」

「当麻さん、一つお願いがあります。あなたご自慢の車に、私を乗せてくれませんか」

「別にいいですけど……」

　当麻は怪訝《けげん》そうに周囲を見回す。

「柿崎警部補こそ、そんな格好でどうしてこんなところに？　お仕事ですか？　でも、車もなしで、どうやって来たんです？」

　この罪のない青年を巻きこんでしまうことに胸が痛んだが、今はそんなことを言っている場合ではない。

「何もきかず、少し走ってもらえませんか」

「構いませんよ。でも、どうせならご自宅か、本部まで送りましょう」

「いいえ。私もちょっとドライブを楽しみたい気分なのですよ。格好いい車ですね」

　柿崎は車のボンネットをそっとなでた。

　当麻は釈然としない様子であったが、それでも、小さくうなずくと、「どうぞ」と乗るように手で示した。

柿崎は助手席のドアを開け、乗りこんだ。車内も掃除が行き届いており、後部座席にショルダーバッグと紙袋が一つ置かれている以外に物はない。

当麻が運転席に座り、シートベルトを締める。

「さてと、何処に行きましょうか。どこかご希望は？」

「お任せしますよ」

「判りました。では」

ギアをドライブに入れ、車がゆっくりと走りだす。Uターンをして、いったん河口湖方面に戻り、国道七一号線へと入る。丁寧で慎重な運転だった。

「とりあえず、富士風穴の辺りまで戻って、そこからまた、行き先を考えます」

「いいですね」

両側に広がるのは樹海の闇だ。等間隔で立つ街灯の光が帯のように後ろへと流れていく。

「それにしても立派な車ですねぇ」

ダッシュボードの手触りなどを確かめながら、柿崎はサンバイザーを開いた。一枚の紙が膝に落ちる。

柿崎は言った。

「今夜はずっとドライブしていたのですか？」

「ええ。近場ですが、知った道をぐるっと回ってきました」

「ずっと走っていたにしては、エンジンが温まっていませんでしたよ。さきほど、ボンネットに触りましたが、あまり熱くありませんでした」

「え？」

「妙ですね」

当麻が横目でこちらを見た。

「運転に疲れたんで、道ばたに駐めて仮眠していたんです。あなたに会ったのはそれからすぐでしたから」

「外は寒いですからね。すぐに冷えたのでしょうか」

「恐らく」

心なし車の速度が上がったようだ。

「あなたは左利きですか？」

柿崎の質問にハンドルがほんの少しぶれた。

「な、何です？」

「あなたは左利きかときいたんです」

「右利きですが、どうしてそんなことを？」

「後部シートにあるショルダーバッグですが、バンドが左利き用にセットされています。あれはあなたのですか？」

「いや……」

当麻はしばらく黙りこんだ。闇の中を車は走り続ける。

「友達の忘れものですよ。そうか、あいつ左利きだったな」

「でも、この車はあなたのものなんですよね」

当麻の声に苛立ちの棘《とげ》が混じり始めていた。

「ええ。そう言ったじゃないですか」

「あなた、結婚してましたか？」

「は？」

「ご結婚、されてますか？」

「してませんが」

「お子さんは？」

「結婚もしてないのに、いるわけないでしょう」

「ではなぜ、サンバイザーにこんなものが？　これも誰かの忘れ物と言うつもりですか？」

柿崎はさっきの紙を掲げた。そこにはクレヨンで、「パパ、いつもありがとう」と拙《つたな》い文字がかきつづってあった。

「当麻さん、この車はあなたのものではない。どこかで盗んだものでしょう。そして、あなたはドライブなんかしていない。私、いや、私たちの後をつけ、あのゴルフ場跡地での騒ぎをずっと見ていたのです。車を駐めて」

当麻は冷えた目つきで、じっと前を見つめ続ける。

「どうしたものかと思案しているところに、私が転がり出てきた。これ幸いとあなたは、私を車に乗せた。違いますか？」

そう言いながら、柿崎は当麻の隙を探していた。車はかなりの速度をだしている。無理に飛び降りれば、無事では済まない。

「このまま進むのはお勧めしかねます。警察が非常線を張っている可能性が高い」

「そんなことは、判ってる」

当麻が急ブレーキを踏んだ。ある程度予想はしていたものの、衝撃は思っていた以上で、柿崎は頭を両腕でかばいながら、前に投げだされた。シートベルトのおかげでフロントガラスに激突するのは免れたが、起き上がろうとした時には、当麻の構える銃口が目の前にあった。

「この先になんて、端《はな》っから行く気ねえよ」

黒く丸い穴が、ぐんぐんと迫ってくる錯覚に囚《とら》われる。息が詰まり、冷や汗がどっとあふれた。

よほどの巧者が撃ったとしても、弾は簡単には命中しない。

そんな講義を受けた記憶があった。自身が銃をつきつけられる事など、あるわけがない。高をくくっていた柿崎は、メモも取らずぼんやりと聞き流していたのだが――。

人生っていうのは、判らないものですねぇ。

あの時の教官はいったい誰だったのだろう。

勝ち誇った顔つきで、当麻が言う。

「車を降りろ」

ここで逆らっても仕方がない。柿崎はシートベルトを外し、ドアを開いた。ひゅうと冷気が襲いかかってくる。汗に濡れた首筋が切られたように痛んだ。

当麻は柿崎の背を足で蹴るようにして、自分も助手席側のドアから外に出てきた。二車線の舗装道路の真ん中で、頼りはヘッドライトの明かりのみ。視界は周囲一メートルほどしかない。

時刻は午前四時過ぎ。夜明けまではまだ時間がある。

「それじゃあ、進んでもらおうか」

当麻が銃を振りながら言った。

「進むとはどっちに？」

足で背中を蹴られた。

「とぼけてると、この場で撃つぞ」

当麻は道の左側に顎を向けた。樹海に入れということだ。

「この季節のこの時間に、ろくな装備ももたず樹海に入ることは、死を意味する」

「それはあんただけだ。そんな奥深くまでとは言わないよ。ちょっと行ったところで、楽にしてやる」

「樹海で私の他殺体が見つかれば、警察は大騒ぎになりますよ」

「他殺には見えないようにするよ。決まってんだろ。あんたは、俺の持ってる銃で自殺するのさ。こいつは、岸島が川崎《かわさき》まで出張って手に入れた拳銃だ。二丁あった。一丁は……」

「岸島殺しの現場にあったものですね」

「そう。ここは風がきついな。無駄口たたいてないで、さっさと行け」

道の前後に目を配ったが、車が来る気配もない。警察は囮《おとり》となって逃げた栗柄たちを今も追っているのだろう。

妙手だと思ったが、結果としては、柿崎を窮地に追いこんだだけだった。

栗柄巡査に恨み言の一つも言ってやりたいところだが、このまま行くと、もう彼には会えそうもない。

柿崎は道の端まで行き、足を樹海に踏み入れた。

パキンと足下で乾いた枝の折れる音がした。柿崎の動きに合わせ、腰の辺りまで生えた低木の葉がザワザワと音をたてる。

柿崎は背後にピタリと張りついている当麻に言った。

「懐中電灯か何かないのですか？　この闇の中を進むのはいくら何でも危険すぎます」

「あんたらいつも言ってたじゃないか。樹海は危険なところではない。迷ったら出られないとか、そういうのはみんなウソだって」

「ウソだとは言ってませんよ。実際、道に迷って戻れなかった人もいます。ただ、コンパスがきかなくなることはないし、野犬などの類《たぐ》いもいない。樹海内に道も通っているし、落ち着きさえすれば、抜けだすのは、決して不可能ではないと」

「相変わらず、細かいことばかり言いやがって、鬱陶《うっとう》しいんだ。黙って歩け」

「あなたが黒幕なんですね、岸島グループの。今回の件も、岸島智也を消すために、あなたが仕組んだ」

背中に銃口を押しつけられた。

「もう少し奥まで行けばいいんだ。そこで、おまえは自殺する。この銃でな」

なるほど上手い手だと柿崎は思う。柿崎を撃ち、自殺の偽装をする。当麻はそのまま、あの車に乗って、この場を離れる。あとは他県まで行き、車を乗り捨て、何食わぬ顔で「樹海屋《じゆかいや》」に戻ってくればいいのだ。

事件は柿崎の仕業ということになり、当麻が岸島グループの黒幕という根拠のない推理はそのまま立ち消えとなる。

見通しは暗く、打開の糸口さえないが、このまま唯々諾々と当麻の思惑通りに進ませるわけにもいかない。栗柄や桃園、明日野にも顔向けができないではないか。

「止まれ。この辺でいいだろ」

当麻の声が闇に響いた。ルートから原始林に入って約七分。歩速から考え、大体の位置を想像する。原始林の地形は部分的ではあるが、ほぼ頭に入っている。散策道などの周辺であれば、木々の形や微妙な溶岩流の起伏まで目と体で覚えていた。

だがここは、道からも大きく外れた林の真ん中だ。以前、この近くで遺体の収容をした記憶はあれど、正確な地形は把握できていない。

しかしここは、成り行きに任せてみましょうか。

かつての柿崎には考えられないことだった。結果も考えず、闇雲に行動するなど。

柿崎は振り向きざま、当麻の右手を力をこめて払った。不意のことで、銃は彼の手を離れ、原始林の闇へと吸いこまれていく。

「て、テメエ」

当麻が叫んだとき、柿崎は彼に背を向けて駆けだしていた。当麻が柿崎を追うか、銃を探すか、どちらを選ぶかは賭《か》けだった。力や体力では当麻にかなわない。迷いなく柿崎を追ってきたら、万事休すだったろう。

闇の中にパッと白い光がともった。当麻が携帯のライトをつけ、懐中電灯代わりにしているのだ。柿崎は光から慌てて目をそらす。それほどの光ではなくとも、この深い闇の中では、レーザーのように強烈な刺激となる。

当麻は中腰となり、光を頼りに草の中を探っている。

一方、柿崎の周囲は相変わらず、漆黒の闇だ。全力で駆け抜けたいところだが、根っこにつまずき、足を痛めたらそこで終わりだ。

懸命に目をこらすも、眼前にある木の幹ですら、ぼんやりと見えるだけだ。手でさわり、初めて、そこに幹があることを確信できる。

そんな状態では、一歩一歩が賭けのようなものだった。

さらに悩ましいのは、音だ。樹海内は静けさに包まれている。かすかな葉の揺れや服の一部が幹にこすれる音が、ハッとするほどに大きく聞こえる。現に、銃を求めて探し回る当麻のたてる音が、耳にはっきりと聞こえる。

とにかく、距離を稼がねば。

柿崎は勘だけを頼りに、原始林の奥へと入りこんでいく。道は起伏に富んでおり、時に尻をついてゆっくりと下らねばならない段差や、両手で体を引き上げねばならない根っこ同士の絡みついた土壁もあった。

もう当麻が何処にいるのか、判らない。彼の携帯の光も、木々や段差に邪魔をされ、まったく視認できなくなっていた。

木々の高さは増し、葉をなくした枝が風にしなる不気味な低音が、頭上から降ってきた。いったん立ち止まり、周囲の気配に全身の神経を研ぎ澄ます。果たして、当麻は銃を見つけただろうか。それともあきらめて、丸腰のまま追跡を再開したのだろうか。それとも、あきらめて車に戻っただろうか。

足を止めると不安が増す。

夜明けまであとどのくらいだろうか。暗闇の中でなら、何とか逃げられる自信はある。

原始林の奥に入り、前進を阻《はば》む草は、ほぼなくなっていた。足を踏みだすたびに、落ち葉を踏む音がする。密集して生えている木々は落葉樹のカラマツだろうか。幹に激突しないよう、両手を前にだし、慎重に進んでいく。足下は相変わらず不安定で、凹凸が激しい。何度かつま先をぶつけ、前のめりに倒れこんだ。両手をつくたび、皮膚が裂け、じわりと血がしみだしてきていた。

足首にも負担がかかり、何度か軽く捻ってしまった。進むごとに、こちらも少しずつ痛みが増してくる。

それでも、止まるわけにはいかなかった。何の装備も持たず、夜の樹海を当てもなく彷《さ》徨《まよ》っている。無謀な観光客に対し叱責《しっせき》を繰り返していた毎日が、既に遠い昔のようだ。

気温はかなり低いはずだが、寒さは感じない。ぴしりと枝が頬を打ったが、痛みに怯んでいる余裕すらなかった。

先に進まねば。生きて樹海を抜け、真犯人を検挙し、自らの濡れ衣を晴らすのだ。

前へ……

「柿崎警部補」

闇の中から声がした。当麻の声だ。

方向は判らないが、かなり近い。

なぜだ――？

この暗闇の中で、ヤツはどうしてこうも早く、柿崎に追いつくことができたのだ？

銃を拾うことをあきらめ、すぐに跡をつけてきたのか？　いや、この暗闇だ。気配だけで追跡することなど、よほどの手練《てだ》れでない限り不可能なはずだ。

しかも追跡中、当麻は一度も携帯の明かりをつけていない。数秒でもつければ、柿崎も気づいたはずだ。

明かりに頼ることなく、この歩行困難な樹海の中を、どうやって……。

「ふふーん、びっくりしているみたいだね。どうして俺があなたを見つけることができたのか。あ、銃はちゃんと取り戻したよ。あの反撃にはびっくりしたけどね。頭でっかちな元警察官僚でも、あんなことできんだね」

銃を探すにはそれなりの時間がかかったはず。その後どうやって、柿崎を見つけだしたのか。

柿崎は身をかがめ、ゆっくりと進み始める。何となくだが、声のした方向とは逆に向かって進む。あくまで何となくだから、自ら死地に飛びこむ可能性もなくはない。

まあ、そのときはそのときだ。

いま私は、栗柄巡査のような考え方をしましたね。

そんなことを思いながら、柿崎は地面を這うようにして移動する。手のひらの傷を気にしている場合ではなかった。顎先が地面から突き出た根に当たる。しばし動きを止め、当麻の出方を探った。

「柿崎さん、隠れてもムダ。すぐに見つけちゃうよ」

落ち葉を踏む遠慮のない足音が空に響く。方角を悟ろうと神経を集中するが、うまくいかない。

方向も距離感も摑めず、柿崎はただ身を縮めるだけだった。

「柿崎さーん」

当麻の声はすぐ傍で聞こえた。

うつ伏せになっていた柿崎は慎重に身を起こし、体を捻った。立て膝となり、動きだすタイミングを計った。

何かが頭の隅に引っかかっていた。

当麻の発した言葉に、気になるところがあった。それは何か——。

柿崎は目を閉じて、自分の聞いたことを一つ一つ思い返す。

『隠れてもムダ』

柿崎は目を開いた。当麻は闇の中、正確に柿崎の後を追えた。それは、追跡する何らかのヒントがあったからだ。

そしてここまで追いかけてきたにもかかわらず、彼は「隠れても」と言ったのだ。その瞬間、当麻の目には柿崎が見えていなかったことになる。

その時柿崎は、地面に伏せていた。顎が地を這う根っこに当たるほどに——。

柿崎はその場に座りこみ、一番上に着ていたタイツ状の服をぬいだ。袖から背中を確認していくと、首筋のところが、ぼんやりと緑色に発光しているのが判った。夜光塗料のようなものを塗ったテープが、貼《は》りつけられていた。

当麻はこれを目印に、追ってきたのだ。わずかな光だが、樹海の暗闇の中では目立つ。

さっきは柿崎が伏せていたため、この光を見失っていたに違いない。

しかしなぜだ。いつ、誰がこんなものをつけたのだろう。当麻であるはずはない。柿崎に逃げられるシナリオなど、彼は想定していなかったのだから。

となると——。

柿崎にある考えが閃《ひらめ》いた瞬間、側頭部に激しい衝撃を受けた。

「見つけた」

倒れこんだ柿崎の脇に、当麻が立っていた。側頭部を蹴られたのだ。

「手間かけさせちゃってさ。いい加減にしてよ」

当麻が携帯のライトをつけた。もう片方の手に持つ銃がギラギラと嫌らしい輝きを放つ。

「もう時間がないんだ。駐めた車が見つかる前にここを離れないとね」

自分はどのくらいの時間、どのくらいの距離を逃げ回っていたのだろうか。もしかすると、実は大した時間、距離ではないのかもしれない。

樹海は悪路続きなので、かなり進んだつもりでも、ほんの数メートルということが少なくない。道などの近くで自殺者の遺体が見つかるのはそのためだ。追い詰められた精神状態で樹海を進み、ここならば誰にも見つからないはずと自殺を決行したものの、実は遊歩道からも丸見えの場所で、結果、すぐに発見され一命を取り留めたなどという話もある。

身をもって体験することになろうとは。

柿崎は不思議と落ち着いていた。恐怖も憤りも感じなかった。疲労で神経が麻痺しているからだろうか。

どうせなら、苦しまずにさっさとやって欲しい。そんな思いすらあった。

これもまた、樹海が発する麻薬のような作用なのかもしれない。

普段、樹海は自然豊かな原始林であって、それ以外の何物でもない——と口を酸っぱくして言っている自分が、いざとなるとこんな不合理なことを真面目《まじめ》に考えている。

樹海に潜む「魔」は、本当にあるのかもしれませんねぇ。

柿崎はあぐらを掻《か》き、頭を上げる。黒々とした枝の合間から、かすかに星が見えた。

夕方からずっと曇り空であったが、回復したらしい。当麻がすぐ後ろに立った気配がする。柿崎は言った。

「最後に聞かせて下さい。岸島を撃ったのは、あなたですか？」

「その通り」

こめかみにヒヤリとした感触があった。銃口だ。

「防犯カメラの隙をついてホテルの部屋に入ったあと、あんたが来るまでずっとトイレに隠れて待っていたんだ」

「私が部屋に入ったとき、すぐ傍にあなたがいたんですね」

「そういうこと。あんたがぶっ倒れるまで、わりと早かったよ。十分くらいかな。あ、バーテンダーをいくら責めても無駄だよ。俺のことを闇金の取立屋としか思っていないから」

当麻は勝ちほこったように笑顔。

「それから岸島にメールした。ホテルの部屋にあんたがいるから、来ないかって。飛んできたよ、あいつ。相当、恨みに思ってたんだな。俺は銃を見せ、テレビを大音量で流し、岸島を撃った。テレビの音が銃声も消してくれた。あとは、前もって用意しておいたホテル従業員の制服——辞めたヤツからネットで買ったんだけど——を着て、またトイレで待ったんだ。あんたが目を覚ますのと、苦情で従業員が来るのと、どっちが早いかと思ってたけど、ほぼ同時だった。上手い具合にね。あんたが逃げだした後、部屋の前は客や従業員でいっぱいになった。そいつらに紛《まぎ》れてホテルを出るのは、そう大変じゃなかったよ」

「あなたは、樹海に入った三叉の目撃情報を提供してくれた。そのとき、デイパックのことを隠しましたね。残念ながら店主が来て、バラしてしまいましたけれど」

「まったく、あのクソ親爺《おやじ》、余計なことしやがるよ。今のビジネスが上手く行ったら、折を見てぶっ殺すつもりさ。死体はここに埋める。しかし、あんた冴《さ》えてるね。びっくりだよ。もっと退屈な頭でっかちのおっさんかと思ってた」

「私自身もそう思っていました。でもそれでいいと思っていた。ここに赴任してからですよ。そんな自分に疑問を持ったのは」

「自分語りなんて止めなよ、みっともない」

「あなたが誉めてくれたということは、私も少しは変わったということかもしれません」

「はいはい。充足感を胸に、あの世に行ってくれよ」

「いやぁ、ボス、聞いていて涙が止まりません」

栗柄の声が響き渡った。

柿崎は少々、うんざりとした面持ちで、肩をすくめた。

「こういう展開にはもう飽きました。すぐに姿を見せなさい。桃園巡査もいるんですよね」

「もちろん。ここに」

正面の暗闇に、ぽつんぽつんと二つの白い華が咲いた。当麻が手にしているのと同じ、携帯のライトだ。

こめかみに当たる銃口がふるふると震えた。

「何だ、これ……どういうこと?」

当麻が狼狽《うろた》えているのが判る。

栗柄のダミ声が響いた。

「全部、吐いてくれるまで、待っていたんだ。ボス、うまいこと、誘導してくれましたね」

「あの夜光塗料を見て、大凡を悟りました。あれがつけられたのは、栗柄巡査だけですからね」

桃園の冷たい声が続く。

「ボスも進歩、いや進化したじゃないですか」

「君たちと一緒にいれば、嫌でもこうなりますよ」

「うるさい、うるさい。テメエら、勝手に喋ってんじゃねえよ」

銃口が離れた。当麻が光の方向に銃を向ける。引き金に人差し指がかかった。

その瞬間、二つのライトは消えた。樹海は元の闇の中に沈む。

「え？」

カサカサと落ち葉を踏む音が響く。早い速度で、柿崎と当麻の周囲を回る。二人の位置がまるで掴めない。

当麻は混乱し、闇雲に銃を振り回している。柿崎の存在など忘れている。

柿崎は頭の中で一、二、三と数えた後、肘《ひじ》を当麻に叩きつけた。股間を狙ったつもりだった。だが、渾身《こんしん》の一撃は腰をかすっただけで、柿崎は勢いあまって、前のめりに倒れこんだ。

「この野郎」

視界には入っていなかったが、銃口が素早く下りてくるのが気配で判った。

撃たれる――。

さっきとは違い、どっと恐怖が押し寄せてきた。とっさに両手で頭を抱え、胎児のように丸まった。

目を固く閉じて数秒。

何も起きなかった。

「ボス」

顔を上げると、栗柄がこちらを見下ろしている。横を見れば、地面に横たわった当麻を桃園が踏みつけ、自身の携帯ライトをこちらに向けていた。

「ボス、おつかれさまです」

柿崎は栗柄の助けを借り、起き上がる。ズボンにこびりついた乾いた土が、パラパラと落ちた。

「これは、あなたがたが仕組んだことですか?」

「はい。この野郎を引っ張りだすには、それしかなかったもので」

「刑事課もグルってことですね」

「土佐がいい仕事してくれました。桃園、もういいんじゃないか?」

桃園が当麻の顔から足をどけ、手錠をかける。

「しかし、あの課長がよく動いてくれましたね」

「岸島吉悦ですよ。ヤツからゴーサインが出れば、課長は動きます。息子の醜聞はもはや消すことはできない。それでも、早く幕引きができれば、ダメージは最小限で済む」

「なるほど。私が犯人として逮捕され、大騒ぎになるより、型どおり反社グループの内紛となれば、おさまりも早い」

「そういうこってす。嫌ですなあ、政治は」

「しかし、使い勝手によっては、今回のように役に立ちます」

「それが嫌だって言ってんです。まあ今回はボスのために目を瞑《つぶ》りましたがね」

「深緑荘の駐車場を出るところからは、すべてあなたがたの芝居だったわけですね」

桃園が言う。

「私が少しの間、ボスの傍を離れていたのは、黒幕がボスたちの傍にいるだろうと考えてのことです。案の定、当麻が出てきて、張りついていました。その辺の情報を手土産に、土佐と交渉したってわけです」

「それにしても、私に何も告げず、黒幕と二人きりというのは、少々、酷くないですか」

桃園が笑う。

「ボス、お芝居苦手でしょう。話したら、すぐバレちゃいますよ。それに、栗柄巡査の秘密兵器もあったし」

「例の夜光塗料ですか？」

「あれがあるから、駆けつけられたんです」

栗柄が笑った。

「いやあ、二度ほど見失いかけましてね。危ないところでしたよ。しかし、動かぬ証拠となるような事を口走ってくれないと、こちらとしても動きようがなかったもので」

栗柄は携帯の光の中に、ボイスレコーダーをかざした。

「ヤツの言葉は一言一句、録音してありますんで」

パトカーのサイレンが聞こえてきた。木々によって遮られ、赤色灯の光などはまだ見えない。

「さて、行きますか」

手錠をかけられ、地面に転がされた当麻が悲鳴のような声を上げる。

「ま、待てよ、俺はどうなる」

「もう少ししたら、刑事課の恐《こわ》いお兄さんがたがやって来るよ」

「それまで、ここに一人でいろってか、冗談じゃない」

「俺は冗談が嫌いだ」

当麻は立ち上がろうとするが、足場が悪く、モゾモゾと体をくねらせる事しかできない。

「待って。こんな所に一人なんてイヤ……」

「俺は人が嫌がる事をやるのが趣味なんだ。さっボス」

栗柄と桃園に挟まれ、柿崎は歩き始める。当麻の悲鳴が遠ざかっていく。

暗く闇に沈む樹海は、もう何も訴えかけてはこない。

あのとき感じた樹海の「魔」は、何処かに消え去っていた。

七

プレハブ前の駐車場から、雪をいただいた富士山を見上げる。久しぶりに晴れ間がのぞいていたが、行き交う車のせいで、あまり空気はよくない。深呼吸はあきらめ、勇壮な眺めを目に焼きつけた。

　岸島殺害事件に関して、柿崎は何度も県警に呼びだされ、尋問を受けた。様々な思惑が絡み合いながらも、結局、岸島の残党グループは壊滅、徳間組はさらに勢力を弱め、近々解散との噂もある。

　刑事課長は結果として手柄を上げられたものの、いまだ、柿崎たちに向ける視線は厳しい。

　一方、明日野の欠員補充は見送られたものの、地域課特別室の扱いに変更はなく、これまで通りとなった。

　ドアを開けプレハブの中に入る。ムッとする暖気と湿気が押し寄せてきた。

「何ですか、この空気は。少し換気でもしたらどうです」

「だって、寒いじゃないですか……あ、ボス！」

　桃園がパソコンの画面からくるりと振り返った。その画面に表示されているのは、トランプゲームだ。桃園は慌てて画面を落としたがもう遅い。あとで叱責だ。

「いやあ、ボス。三日ぶりですなぁ。県警の方はどうでしたか？」

　栗柄は丸めた競馬新聞でポンポンと肩を叩いていた。

「問題はありません。今日から通常の勤務に戻ります」

「そうですか。そいつはよかった」

「しかし栗柄巡査、相変わらず競馬新聞を読んでいるようですが、いまは勤務中ですよ。

「帰還早々の説教、ありがたく頂戴《ちょうだい》します。ま、一つお茶でも飲んで」

栗柄は新聞を放りだすと給湯室に向かった。桃園は素知らぬ顔でゲームに戻っている。

柿崎は自分のデスクにかばんを置くと、奥の窓を開けた。澄んだ冷気が、何とも心地よい。

振り返り、散らかり放題の室内を見渡す。

今回の件で、柿崎の霞《かすみ》ヶ関《せき》復帰は遠のいたに違いない。いや、もしかすると、もう戻る目はなくなったかもしれない。

一年か、二年か、あるいは一生、ここかもしれない。

「それはそれで、仕方ないですかねぇ」

桃園が顔を上げてこちらを見た。

「ボス、何か言いました？」

「いえ、何でもありません」

柿崎のデスクの電話が鳴った。

本書はハルキ文庫の書き下ろし小説です。